新 潮 文 庫

# 親 不 孝 長 屋

―人情時代小説傑作選―

池波正太郎　平岩弓枝　松本清張
山本周五郎　宮部みゆき

新 潮 社 版

8224

JN304497

# 目次

# 親不孝長屋

――人情時代小説傑作選

# おっ母《かあ》、すまねえ

池波正太郎

池波正太郎（いけなみ・しょうたろう）

一九二三年、東京・浅草生れ。小学校を卒業後、株式仲買店に勤める。戦後、東京都の職員となり、下谷区役所等に勤務。長谷川伸の門下に入り、新国劇の脚本・演出を担当。六〇年、『錯乱』で直木賞受賞。『鬼平犯科帳』『剣客商売』『仕掛人・藤枝梅安』の三大人気シリーズをはじめ、膨大な作品群が絶大な人気を博す。九〇年、急性白血病で死去。

# 一

おぬいが、浅草寺《せんそうじ》の境内で〔むかし友だち〕のお米《よね》に出会ったのは、その年も暮れようとする或《あ》る日の午後のことであった。

めずらしく風の絶えた、おだやかな冬の陽ざしにさそわれたような人出の中で、

「まあ、お前さん、おぬいちゃんじゃあないかえ」

いきなり横合いから駈《か》け寄って来たお米が、おぬいへ抱きつかんばかりにして、

「やっぱりそうだ、やっぱりそうだ」

感動の叫びをあげた。

「十年ぶりだ、ね、十年ぶりだよう」

「ああ……お米さん……」

胸の底に鉛を呑《の》んでいるような辛《つら》いおもいをしながら毎日を送っていたおぬいであったが、それだけにまた、思いがけぬときに思いがけぬなつかしい女《ひと》と出会った衝撃で、おぬいは顔中を泪《なみだ》だらけにしてしまい、

「ねえさん。私、このごろは毎晩のように、ねえさんの夢をみていたんですよ」

「そうかえ、うれしいよ」

「ねえさんも……？」

「ああ。やっとねえ、五年前に足が洗えた。私みたいな女を引取ってくれた物好きな人が出来たのさ」

「よござんしたねえ」

「おぬいちゃん、お前さんいくつに？　……あ、そう、私より四つ下だから三十四。ね、そうだったろう？」

「ええ」

お米、十歳は老《ふ》けて見えた。

色の浅ぐろい、眉《まゆ》のうすい女で、二人が十五年前まで千住《せんじゅ》の岡場所《おかばしょ》（官許の吉原以外の遊里《ゆうり》）でつとめをしていたころは、客がつかないので名高かったお米なのである。

しかし往年の男まさりの気性そのもののようなきりりとした彼女の挙動、口のききようなどはむかしのままで、引っつめ髪《がみ》に筒袖《つつそで》の半纏《はんてん》を着こみ、大風呂敷《おおぶろしき》を背負いこんでいるという世話場《せわば》な風体《ふうてい》にかかわらず、

「ま、おぬいちゃん。こんなところじゃ話もできない。こうおいでな」

お米は元気のいい口調でいい、先に立った。

間もなく、二人は広小路にある茶店へ入り、入れ込みながら時分はずれの客もいない奥へ通って、この店の売り物のとうふ田楽《でんがく》と茶めしをあつらえた。

お米は酒をつけてもらい、

「お前さんは、いけなかったっけね」

といい、手酌でのんだ。

久闊《きゅうかつ》のことばはつきない。

しかし、するどいお米の眼は、いまのおぬいの苦悩の只事《ただごと》でないことをすぐに看《み》てとってしまったらしく、

「ねえ、おぬいちゃん。こういっちゃあ、なんだけれども……お前さん、身なりがとてもいいし、私ゃ見違えてしまったけれども……それで、いまなにかえ、うまく行ってるの?」

「え……?」

「十五年前に、お前さんが客の、ほれ大工の直さんにひかされて世帯をもった。それから五年の間に、お前さん二度ほど千住へ会いに来てくれたっけが……」

「ごめんなさい。あんなに、お世話になっていながら、ごぶさたばかりで……」

「ご亭主、達者なのかえ?」

「直五郎は、一昨年《おととし》、亡《な》くなってしまったんです」

「そうかえ……で、子どもは?」

「一人。男の子」

「いくつ?」

「十七」

「そりゃお前、勘定が合わない。じゃ、なにかえ、直五郎さんの前の、死んだかみさんの子かえ?」

「そうなんです……ねえさんだけにいいますけど、あの子……市太郎は、ほんとうに私が生んだ子だと思いこんでいるんです」

「それで、けっこうじゃないか」

「私も、子は生まれなかったし……」

「客をとっていた女《もの》はねえ……けど、お前さんなんか、足を洗ったときが、十九だったんだもの。三十をこして堅気になった私とは、くらべものにならない。私ゃ、お前さん、きっと子を生んでいると思っていたのだけれどねえ」

「ですから私、市太郎が、ほんとの子のように……そりゃあ可愛《かわ》いがって育てて、あの子もいい子で……父親の後をつぐ気で、外神田の棟梁《とうりょう》のところへ修業に出たばかりのところで、父親が亡くなってしまって……」

「そりゃ仕方がない。でも、その市太郎さんとかいう子が、いい子なら……」

「いい子だったから困るんです」

「え……？」

「いまの私にとっては、憎い子……」

「おぬいちゃん……」

「え……？」

「お前さん、また亭主をもったね、そうなんだろう？」

おぬいは、うなずいた。

前夫・直五郎が死ぬまでは、色白の、ふっくりと肥《こ》えたおぬいの顔かたちが、いまは、

「観音さまの境内でお前さんを見たとたん、あやうく私ゃ見落すところだった……だってお前さん、まるで幽霊に見えたよ」

と、後で、お米が語ったように変貌《へんぼう》してしまっている。

それから……。

二人は一刻《いっとき》（二時間）の余も茶店にいたろうか……。

田楽も茶めしも、箸《はし》をつけぬままに冷えきってしまい、独酌でのむお米の酒の徳利のみが増えた。

茶店を出たとき、本願寺の大屋根の向うに血のような夕焼け空があった。

お米は、三日後の同じ時刻に、田楽茶店で再会することを約し、

「それまでは短気をおこすのじゃない。いいね」

つよく念を押した。

本願寺前の大通りを西へ……下谷・車坂へさしかかるあたりの左側、唯念寺《ゆいねんじ》門前の一角に〔御煙管師《おんきせるし》・村田屋卯吉《うきち》〕の看板をかかげた小さな店がある。

この煙管師・卯吉が、おぬいの再婚の相手であった。

お米は、ここまでおぬいを送って来てくれ、家へは入らなかったが通りをへだてた向う側から、おぬいを出迎えた五十がらみの、見るからに温和《おとな》しげな村田屋卯吉の姿を見た。

別れぎわに、お米は顔に血をのぼらせ、思いせまった声で、こういった。

「お前さんのはなしだけをきいたのじゃあ、私にもよくのみこめないが……とにかく、私たちのような泥水の中につかりこんでいた女は、つかまえた幸福を逃がしちゃなら

ない。いざとなりゃあ、いのちがけで、自分の身をまもることさ」

それから、お米は我家へ帰った。

金杉下町の通りにある居酒屋〔三河や〕が、いまのお米の家であった。

亭主の伝蔵は四十がらみの大男で、てらてらの坊主《ぼうず》あたまの顔が酒光りをしている。前身は只者ではなかったようだが、いまは千住の娼婦《しょうふ》だったお米を女房にし、小女ひとりをおいて荒っぽい居酒屋稼業《かぎょう》に精を出していた。

「おう、ご苦労だったな」

伝蔵は出迎えて、お米の背中から荷物を下ろしてやった。荷物は、浅草で仕入れて来たわらじや笠《かさ》などである。

奥州《おうしゅう》街道の裏道にあたる通りへ面しているだけに、このあたりの居酒屋でも、こうした品物を仕入れておくのが当然のこととされていた。

灯の入った店の、台所で、お米は包丁をふるって魚を切ったり、小女と共に酒をはこんだりしながら、たてこむ客を相手にはたらきはじめる。

ひまをみて、お米が伝蔵に、

「今日、むかしの友だちに出会ってねえ、千住のころの……」

「へへえ、そいつはよかったな」

「明日、ちょいとあそびに行っていいかえ」

「いいともな。たまには気ばらしをしてきねえ」

だが、翌日に、お米はおぬいの家を訪問してはいない。けれども昼前から夕暮れまで、お米は外に出ていた。

三日後……。

浅草・広小路の茶店で、お米とおぬいは再会した。

お米は、また独酌をしながら、低い声を尚《なお》さらに低め、凝《じっ》と膳《ぜん》の上へ眼を落したままで、おぬいに、

「様子がわかったよ」

といった。

「え……?」

「市太郎という子ね、あれじゃあ手のつけようもあるまい。こないだ、お前さんと別れた日の夜、あの煙管《きせる》屋さんへ来て、鑿《のみ》をふりまわして大あばれにあばれたそうじゃないか」

「ねえさん、それをどうして?」

「近所じゃあ大へんな評判だ」

「…………」

「おぬいちゃん。お前さん、どうした？　どこか痛むのかえ？」

「え、胸が……このごろときどき、胸がきゅーっと、しめつけられるようになってきて……え、もう大丈夫……」

「ほんとかえ？」

「ええ……もう、なおりました」

「で、どうする？　お上へ訴えて出るかえ？」

「そ、そんなことしたら……そりゃ、たとえ牢《ろう》へ入れられたとしても……今度、出て来たときに、それこそ、どんな恐ろしいことになるか……」

おぬいの顔は恐怖に蒼《あお》ざめ、こわばっていた。わなわなと彼女の白くかわいたくちびるがふるえているのを見つめながら、お米はうなずき、

「市太郎に死んでもらうのだねえ。お前さん、自分の手で殺せたら殺したいのだろう？」

「ね、ねえさん……」

「そうだろう、え……？」

「え……」

「だが、死んだ妹そっくりのお前さんの身が私には可愛い。お前さんの手で殺《や》らせたくはないよ。だからといって私が殺ろうというんじゃない。二十両お出し。私も十両出す。その金で市太郎にあの世へ行ってもらおう」

二

おぬいは、中仙道・板橋宿に生まれた。

父親の伊助は、宿場で煮売りやをしていたが、おぬいを生んだ女房のおよしが病死してから、がらりと人が変った。

酒はともかく、博打《ばくち》に狂い出したのが〔いのちとり〕となった。

ちょうどそのころ、おぬいの弟の庄太郎が病みつき、伊助もまた肺を悪くするという始末で、煮売りやの商売もたちゆかなくなり、

「すまねえが……」

父親に因果をふくめられて……と、いうより、おぬいはむしろ自分からすすんで父と弟のためにつとめに出た。

板橋の宿場女郎は有名なものだが、同じ宿で売女《ばいた》になるわけにもゆかず、荒川にかかる千住大橋の橋北、俗に〔大千住〕とよばれる宿場の〔つちや八兵衛〕方へ身を売

ったのである。

千住はいわゆる四宿の一つで、江戸から奥州へ、さらに陸前浜街道《りくぜんはまかいどう》・日光街道の第一駅としてむかしから繁昌《はんじょう》をきわめている。

宿場であるから、遊女は食売旅籠《はたご》の、つまり飯盛女《めしもりおんな》として客をとるわけであった。

むろん、らくなおつとめではない。

それのみか、おぬいが身を売って得た金は生きなかった。

弟も死んでしまうし、そうなるとまた父の伊助も自暴自棄となってしまい、またも博打と酒に病身をいためつけたのだから、たまったものではない。

おぬいが十七の年の暮につとめに出て、その翌年の桜《はな》が咲くころには、すでに父も弟も、この世にいなかったのである。

「おぬいちゃん、お前さんは、私の身の上にそっくりだ」

そのころのおぬいの悲歎《ひたん》をなぐさめてくれ、ちからになってくれたのがお米であった。

当時、お米は二十二、三で、

「つちやの化けもの女郎」

の異名をとっていたほどの女だ。

それは美女とはいいがたいが、別に眼をそむけたくなるほどの女ではない。つまりは、お米の男を男ともおもわぬ鉄火な気性が客を遠去けたのであろうけれども、

「お米でなくちゃあ、いけねえ」

という客もいないではなかった。

その一人が、後にお米を女房にした三河や伝蔵であったし、おぬいが知っているのでも弥七という若い男がいたものだ。

弥七はお米と同年配だが、色がぬけるほどに白い、背のすらりと高い美《い》い男だが、年齢《とし》よりは五つ六つ老《ふ》けて見えるほどに練れた遊びぶりで、口のききようもおだやかでやさしい。この弥七を〔つちや〕では、

「ごい鷺《さぎ》の親方」

と呼んでいたが、その異名の由来については、おぬいもお米も知らぬ。

で……。

お米は、上州・豊岡の生まれだという。

生家は百姓だが、おぬいの弟を妹に置き替えただけで、あとは、

「両親のことも、家のことも、お前さんとそっくりそのままだよ……妹も、病気で、私がここへ来てから死んでしまった」

そうな。

その妹が、

「お前にそっくり」

と、お米がおぬいにいった。

顔かたちよりも、おぬいの気質が、お米に亡き妹を思い出させたのであろう。

借りたお金もおぬいよりは多く、大酒のみで客の評判もわるいお米だけに、なかなか足がぬけず、おぬいが〔つちや〕へ来たときには、

「もう、ここへ来て四年にもなるのさ」

と、お米はいった。

おぬいがつとめに出てから二年目。三《み》ノ輪《わ》から通ってくる大工の直五郎に身請けをされたとき、お米は、わがことのようによろこんでくれ、

「お前さんは、若いときの不幸が、年をとるにつれてうす紙をはぐようにはがれてゆき、しあわせになる宿命《たち》なんだよ、きっと……」

「ねえさん、ありがとう」

「直五郎さんは、前のおかみさんに死なれたっていうじゃないか。しっかりと、なぐさめておやりよ」

大工の直五郎は、おぬいの客に三度ほどなってから、身請けをした。

〔つちや〕でも、よく客がつくおぬいには好意をもっていてくれたし、すぐにはなしはまとまったが、それでも職人が二十両に近い金をためこんでいたということで直五郎の性格がわかろうというものだ。

そのとき、直五郎は三十歳。腕もよく、外神田の棟梁《とうりょう》〔大虎〕の信頼もあつく、酒も博打もやらぬ。それはまじめ一方の男で、それだけに、おぬいの客となってすぐに、

（この女なら……）

と、見きわめをつけたらしい。

（この女なら、前の女房の子どもを、うまく育ててくれるにちがいない）

その前の女房の子がいるということを知ったのは、おぬいが三ノ輪の直五郎の家へ迎えられてからのことで、おぬいも、びっくりはしたが、当年二歳の市太郎を見るや、

「ま、なんて可愛い……」

抱きしめて何度も頰ずりをせずにはいられなかった。病身の母親にかわって、いまはもうこの世にいない弟を幼いころからめんどう見てきたことがあるおぬいだけに、

直五郎が、

「いままで、本所の方へ里子《さとご》に出していたんだが、どうだ、育ててくれるか」

といると、一も二もなかった。

「それできまった。だがな、おぬい。その市太郎はお前の子……お前が生んだ子にしてもらいてえ。いやかね？」

「いいえ、そのほうが、ようござんしょう」

「子どものためにそうしておきてえ。それでな、この三ノ輪にいては、いまにこの子が大きくなってから余計なことが耳に入るかも知れねえ。いっそ引越すつもりなのだ」

それで、浅草・阿部川町へ移った。

お米のほうは、いつもおぬいの身の上を案じていたようだが、おぬいは六年、七年とたつうち、次第にお米のことを忘れていった。忘れるというよりも、なにかもう自分の過去を判然《はっきり》と思い知らされる千住の〔つちや〕へ〔ねえさん〕をたずねて行くことがいやになったのである。

では手紙のやりとりをしたのかというとそうではない。そのころのお米やおぬいのような女は、ほとんど読み書きが出来なかったといってよいのだ。

五年ほどのうち、むかしを忘れずに二度ほど千住へたずねたおぬいに、お米が、

「たずねて来てくれるのはうれしいけれど、お前さんはもうれっきとした職人さんの

おかみさんなんだから、もう、ここへは来ないほうがいいのだよ。私のことなんか忘れておくれな。そうしておくれでなきゃあいけない。そうでないと、いまのお前さんに傷がつくのだからね」

きびしく、いいふくめたことがある。

おぬいと直五郎の夫婦生活は平凡なもので、亭主が一生懸命に稼ぎ、女房は家事にはたらき子を育て……しかし、直五郎という男は財布を女房にあずけぬ男であった。几帳面《きちょうめん》に家計へも口を出すし、おぬいには、きびしく冗費《じょうひ》をいましめる。

だから、物見遊山《ゆさん》に出かけたことなどは一度もないし、何しろ千住でおぬいを買ったのも、女房に死なれてからの肌さびしさに耐えかねてのことで、

「おれはな、ああした場所へ行ったのは、あのとき、はじめてだった」

あとで直五郎がおぬいに打ちあけた。

そのときおぬいは、その年齢に似合わぬ直五郎の初心《うぶ》にひかれて親身になったわけなのだが……。

夫婦になって見ると、やはり何となく物足らない。いそいそと、たまにはうまいものをと思い、夕飯の膳を用意しても、

「お前、こんなぜいたくなものを……」

すぐにきびしい注意をうけるという……。

けれども、文句はいえぬ十三年であった。

それに市太郎が馴《な》ついてくれ、おぬいもまた、これをなめしゃぶるようにして可愛がって育てたものだ。

市太郎が十二歳になったとき直五郎が「もうよかろう」と、外神田の〔大虎〕へ修業に出させようとしたときも、市太郎は泣いていやがるし、おぬいも、

「お前さん。もう少し、そばへおいておやりなさいよ。仕事は少しずつ、お前さんが教えるようにしたら、いいじゃありませんか」

めずらしく強くいい出し、

（自分の腹をいためたわけでもねえのに、よくしてくれる）

直五郎もおぬいのこころをありがたく思ったらしく、このときは承知してくれたが、三年ほどたつと、もうゆるさなかった。

「市。お前も、これまでおれと一緒に仕事に出て、鉋《かんな》や鋸《のこぎり》のつかい方も一通りはおぼえたんだ。もう、そろそろ、きちんとした修業をしてもらわなくちゃならねえ」

ついに、市太郎が〔大虎〕へ行ってから三ヵ月目の或《あ》る夜、突然に直五郎が苦しみ出した。

「腸《はらわた》が千切れる、腸がねじくれる……」

叫び、苦しみ、のたうちまわったあげく、医薬の手当も効目《ききめ》なく、翌々日の早朝、息をひきとってしまった。

現代《いま》でいう〔腸捻転《ちょうねんてん》〕でもあったのだろうか……。

三

直五郎が死んで足かけ三年目の今年の春に、おぬいは煙管《きせる》師の村田屋卯吉と再婚をした。

卯吉は四十八歳で、これも再婚である。前の亡《な》くなった妻との間に生まれた二人の女の子も嫁に行っているし、長男を五年前に病死させてしまった卯吉は、小僧二人をつかって店をひらいているが、店は小さくとも唯念寺《ゆいねんじ》門前の村田屋といえば江戸で知られた煙管師で、卯吉の細工をこのむ〔ひいき客〕がしっかりとついていて、

「まあ、いやなら断わってくれりゃあいい。私あ、双方のためにいいとおもうから口をきくのだがね」

棟梁〔大虎〕の言葉だけに、おぬいも無下《むげ》にことわりきれず、神田明神下の〔深川屋〕という鰻《うなぎ》やで見合いをしたのである。

見合いして、双方が好感をもった。

それでもおぬいは「市太郎がいることだし……」と、ためらいもし、乗気でもなかったのだが、村田屋卯吉のほうが熱烈となり、年齢に似合わぬ情熱をもやして阿部川町のおぬいの家を訪問するし、さそい出して食事を共にしたり……。

ま、おぬいにとっては、このように自分を恋人あつかいに情をかけてくれる男は、はじめてだっただけに、ついこころうれしく、うっかりと身をゆるしてしまったものだ。

そうなると、もういけなかった。

市太郎のことは〔大虎〕が引きうけるといってくれているし、卯吉が「まるで二十《はたち》のむすめのようなからだですねえ」などと、たとえ嘘《うそ》にも、ほめたたえてくれる自分の若さを、このまま埋もれさせてしまうことはないと思った。

それで、ついに再婚した。

このときまで、市太郎は母の再婚についてきいてはいない。〔大虎〕もいいにくかったのだろうが、いざとなって大虎が「実はな、市……」と、はなしてきかせるや、市太郎の顔色が変った。

そのまま、凝《じっ》とうつむき、棟梁のいうことをきいていたが、翌朝になると市太郎の姿が〔大虎〕から消えてしまっている。

ちなみにいうと……。

〔大虎〕は、市太郎はおぬいの本当の子だと思いこんでいた。つまり、死んだ直五郎は駿府《すんぷ》（静岡市）で永くはたらき、そこで前の女房が死んでから、赤子の市太郎を抱いて江戸へうつり、これを里子に出してから〔大虎〕の下ではたらくようになったからだ。

女房のおぬいにさえも、自分の生《お》いたちについては余り語ったことがない直五郎だし、仲間同士のつきあいもわるい。

「いったい直さんという人は、どんな人なのだ？」

仲間の大工たちにも、つかみどころのない直五郎だったそうな。

さて、それからが大変なことになった。

行方知れずの市太郎の身を案じながらも、おぬいは新しい亭主のこまやかな愛情に酔っていたのである。前の亭主のように財布をあずけぬなどという水くさいことはなく、村田屋へ入ったその日から、

「この家の帳場は、お前さんのものだからね」

卯吉からすべてをあずけられてしまったし、

「読み書きも、わたしが教えよう」

夜になると頬を寄せ合って、書いたり読んだり……であった。

(ああもう、市太郎は、私にとって、どうにもならない子になってしまったんだから……)

日が経《た》つにつれ、おぬいは身も心も、卯吉のあたたかく、そして意外なほどに激しい愛情の中へと溶《と》けこんでゆくのを、どうしようもなかったのである。

村田屋へ来てから半年ほどを経て、今年の夏もすぎようとする或る夜ふけに、突然、村田屋へ市太郎があらわれた。

「おっ母《かあ》、よくも手前は……おいらを捨てて、こ、こんなあぶらぎった狒々《ひひ》じじいのところへ……」

血相を変えてつかみかかり、泣き叫びつつ、おぬいを蹴《け》ったり撲《なぐ》ったり、とめに入った卯吉も同じような乱暴をはたらかれたが、救いを求めに駈《か》け出そうとする小僧たちを押しとどめ、卯吉が、やっと市太郎をなだめて談合に入った。

談合といっても十七の市太郎だけに、はなしにもならぬ。

おぬいは、このとき亡夫・直五郎が遺《のこ》していった金二十七両余を、そっくり、

「お前さんに取っておいたのだよ」

と、わたしてやった。

「ふうん……」

市太郎は凄《すご》い笑いを洩《も》らし、

「そうかい、わかったよ」

金を受け取ると、風のように出て行った。

ところが、一月もたたぬうちに、また村田屋へ来て「おっ母。少し貸してくれ」と、いう。

「お前、あの二十七両は？」

「博打で消えちまったい」

「お前、大虎へ帰らないっていうじゃないか」

「当り前よ」

「どこにいるのだえ？」

「知ったことかい」

このときも、大あばれにあばれ、卯吉から十両をうけとって引き揚げたが、それからはもう、十日に一度は村田屋へ来て金をせびる。

柄のよくないのを連れて来ることもあり、いまの市太郎の荒《すさ》んだ生活が、どのようなものかは、おぬいにも容易に想像がつく。

いっそ「お前は私の子じゃあない」と、打ちあけようと考えもしたが、そんなことをしたらどのような結果が出るか知れたものではない。

「おっ母。これ以上に、おいらを怒らせたら、お前のいまの亭主を叩《たた》っ殺すぜ」

妙に押しころした声で、殺気をこめた上眼づかいにこういったときの市太郎の顔つきの恐ろしさに、おぬいはおびえた。

それはもう、一個の男としての嫉妬《しっと》に狂いかけている市太郎の顔であった。

卯吉もおびえながら、「もう少し様子を見よう。それまでは家にある金を……」と、来るたびに出してやれ出してやれという。ここ三ヵ月ほどの間に村田屋から三十余両という大金を市太郎がうばい取ったかたちになるのだ。

こうなると、おぬいはもう市太郎が憎くて憎くて、

（いっそ、私に殺せたら……）

と思いこむほどになってきていた。

腹をいためた子でもないという意識が（私のしあわせを邪魔する男）としての市太郎を見る眼の裏うちとなり理屈となる。

（あれだけ可愛《かわい》がって育ててやった恩も忘れて……）

と、おぬいは激怒を押えに押えていた。

過去も未来も見わたせず、現実のみに生きる女という生きものの特性《さが》そのものを具現したかのような、このごろのおぬいであった。

お米と十何年ぶりに出会ったとき、おぬいは、およそ、こうした状態に在ったわけだ。

四

お米が、金三十両をそろえて出し、ごい鷺の弥七に市太郎を殺してくれとたのんだとき、弥七はいった。

「むかしなじみのお前のたのみだ。よし、引き受けたよ」

「だれにも知られずに、ね……」

「知られたためしは今までにないのだよ」

そこは、東両国にある〔丸亀《まるがめ》〕という小料理屋の二階座敷で、この店では〔のっぺい汁〕と〔五色茶漬け〕が売り物だという。

冷え冷えと曇って、いまに雪でも降り出しそうな午後であった。

ごい鷺の弥七は、むかし千住の〔つちや〕で、お米の客になっていたころから少しも変っていない。むかしは老けて見えたものだが、いまは三十八という年齢がぴたりとはまって、身なりも物腰も、どこかの大店《おおだな》の番頭のような弥七であるが、

「ごい鷺の親方はね、金ずくで殺した人の数を自分でも勘定が出来めえよ」

と、お米の亭主の伝蔵が、そっと洩らしたことがある。

伝蔵と弥七は、むかしなじみだし、たがいに承知の上でお米の客となったこともある。伝蔵とお米が夫婦になったとき、弥七はぽんと金五十両を祝いによこし、

「伝蔵どん。これでまあ、かんべんしておくれ」

と、いったほどだし、一年に二度ほどは金杉の〔三河や〕へも顔を見せる。

弥七がどこに住み、何をしているか、お米にはさっぱり見当もつかなかったが、

「用事のときは、東両国の丸亀へことづけておくれ」

いつか弥七が伝蔵へ、そういっていたのを思い出して、お米が連絡をつけたのだ。

お米は、おぬいのことも、弥七へ市太郎殺しを依頼することも、全部、亭主へ打ちあけている。

伝蔵は「ま、やって見ねえ」といい、十両の金を都合してくれたのである。これと、おぬいから受けとった二十両と合せて差出した三十両を、

「こっちも稼業《かぎょう》だからね。ま、いただいておこうか」

こころよく、弥七はおさめた。

「それだけで、こんなおたのみをするのは気がひけるんだけど……」

「安いよ、たしかに……ふ、ふふ……けど、お米さんのたのみではねえ」

「すみません」

「まかしておきな。年が明けるまでに、その市太郎という気ちがい犬は、この世から消えてしまっているよ」

ごい鷺《さぎ》の弥七が、下谷・長者町の小笠原左京大夫《おがさわらさきょうだいぶ》・中屋敷の中間部屋でおこなわれている博打《ばくち》に、よく市太郎が顔を見せるときこみ、出かけて行ったのは、それから五日後のことであった。

市太郎は悪い仲間が四、五人ついていたが、弥七はうまくもちかけてさそい出し、酒をふるまったり、小づかいをあたえたりして、たちまちに仲よくなった。市太郎は弥七を「おじさん」と、よんだ。

こうしておいて、市太郎殺害の日をきめると、その前夜に小笠原の中間部屋で、

「王子に、おもしろい賭場《とば》がある。おじさんがもつから一緒に行かないか？」

市太郎にさそいをかけると、

「いや、おいらもいくらか都合するよ、あてもあるしね。いつも、おじさんに元手を

もらっちゃあすまねえ」

「そうかい」

「うん。じゃあ明日、下谷の広徳寺前のつたやっていう茶店で、八ツごろに……」

「よし、待っているよ」

当日となった。

十二月二十四日の底冷えのつよい、その日の午後、ごい鷺の弥七は、市太郎が指定した茶店へ行き、彼を待った。弥七のふところには木綿の細長い布でもって細い針金を巻きこんだ〔得物《えもの》〕がひそませてある。殺す相手によっては刃物もつかうけれど、血をながすと後の始末がめんどうなので、弥七は、この独自の得物をつかってしめ殺すことに馴《な》れている。

場合によっては一人を百両で請け負うこともあるので、年に二人も殺せば、あとはのうのうと遊んで暮せる。

（遅いな……）

弥七は、三本目の酒をのみつくしていた。

厚い雲の間から、にぶく陽が光っている。その光が一層に底冷えのつよさを感じさせるのであった。

（おそらく市太郎は、その煙管師のところへ、金をせびりに行ったにちげえねえ）

と、弥七は考えた。

その通りである。

そのころ、市太郎は村田屋へ乗り込み、ちょうどおぬいが近所へ出ていたので主人の卯吉をつかまえ、おどおどと意見めいたことをいい出した卯吉を、

「この野郎、このひひじじいめ!!」

わめきながら、踏んだり蹴ったりしていた。

小僧の知らせで、外からおぬいが飛びこんで来て、市太郎へつかみかかった。

「なにをするのだ、市太郎。いいかげんにしないか、なんというお前は、お前は……畜生、お前は畜生だ、けだものだ」

「なにをぬかしゃがる、この色気ちがいめ!!」

顔面蒼白《そうはく》となった市太郎が、おぬいを突き飛ばした。

茶の間から、店との境にしめきってある襖《ふすま》へ背中を打ち当て、おぬいが尻餅《しりもち》をついた。

「あっ……何するのだ」

と、卯吉が駈け寄って抱き起したとき、おぬいの様子が異常であった。

おぬいは顔をしかめ、両手で胸の左のほうを押え、苦しげにあえぎはじめた。

「おぬい。ど、どうした……これ、どうしたんです、しっかりしておくれ」

おぬいは、こたえない。彼女の両眼は光を失い、不安げに見ひらかれたままである。

市太郎は茫然《ぼうぜん》と立ちつくしている。

そのころ……。

広徳寺門前の茶店で、ごい鷺の弥七が腰をあげた。

村田屋の店は、通りをへだてた向う側を南へ入った左側にある。

(なにをしていやがるのか……？)

弥七は、ゆっくりと通りを横切りはじめた。

この通りは上野から浅草へ通ずる大通りで、俗に〔新寺町〕とよばれるほどに寺が多い。したがって門前町も繁昌《はんじょう》していて、人通りもはげしかった。

少し、浅草の方角へすすみ、弥七が南へ曲がったとき、彼方《かなた》の村田屋の店先へ人だかりがしているのを弥七は見た。

お米に様子をきいてから、二度ほど、弥七は村田屋の所在をたしかめに来ているので、

(や……市太郎が何か仕出かしたのか……？)

立ちどまったとき、その人だかりを割って通りへ飛び出して来た者がある。

市太郎であった。

眼の前を駈けぬけて行こうとする市太郎の腕をぐいととらえ、弥七が、

「おい、どうしたのだ？」

「あ……ああ……」

うめいて振り向いた市太郎は顔をゆがませ、両眼を真赤にしている。

「おい、市……」

「おじさんよう……いま、おっ母が……おいらのおっ母が、死んじまった。死んじまったよう……」

五

「ま、そういうわけでね」

と、一刻《いっとき》ほどして金杉下町の〔三河や〕へあらわれたごい鷺の弥七が、お米と伝蔵の夫婦へいった。

「市太郎のやつは、おれの手を振りきって、鉄砲玉のようにどこかへ飛んで行っちまった。市がおふくろを殺《や》ったか、と……こう思ってね、すぐに村田屋の前へ行って様

子を見とどけたが、おぬいさんは急にその、心ノ臓がどうかしてしまったのだね。医者も駈けつけて来たらしいが、だめだということさ。ま、市のやつも乗りこんで行って乱暴をしたことはたしかだろうが、手にかけたわけじゃあない」

お米と伝蔵は、顔を見合せて、ためいきをついた。

お米は、あのとき、浅草・広小路の田楽茶店で、急に、おぬいが青ざめて胸を押え「このごろ、ときどき、急に胸がしめつけられるような……」と洩らした、そのたよりなげな細い声を、いま、はっきりとおもいおこしていた。

「伝蔵どん。いっぱいもらおうかね」

と、弥七。

「あ、こいつは気のきかねえことを……」

伝蔵は、すぐに酒の用意にかかった。

小女は外に出してある。ここは台所つづきの小さな部屋であった。

「ごい鷺の親方。どぜう鍋《なべ》でもしましょうかね?」

「いや、かまわないでくれ」

弥七は向き直って、お米に、

「おぬいさんが死んじまったのじゃあ、市太郎を消すこともない。やめたからね。それで、あずかった三十両は明日にでも使いの者をここへ寄こしてお返しするから……」

「ま、親方……そんな……」

「そんなもこんなもねえことさ。おれだって好きで殺《や》るのじゃあない。手がはぶけて、実は、ほっとしているところなんだ」

妙に陰気なふくみ笑いをしてから、弥七が、

「お前さんたちが、いちばんいいよ」

ふかいふかいためいきのような声で、つぶやいたのである。

六

それから、ほぼ一年がすぎた。

そのころ……。

唯念寺門前の煙管《きせる》師・村田屋卯吉が養子を迎えた。

養子になったのは、あの市太郎である。

「あの市太郎さんというのは、亡くなったおかみさんの実の子だってねえ」

「去年は、何度もあばれこんで来て、大変なさわぎだったもんだが……」

「でもまあ、人が変わったように……」

「死んだおぬいさんには気の毒だけれど……」

「でもねえ、ああして村田屋さんと市太郎さんが仲よく暮しているのを見れば、おぬいさんもあの世でうれしかろうよ」

などと、近所の人びとの、これはうわさばなしである。

朝、起きると、村田屋卯吉は仏壇へ向い、経をあげる。

仏壇には、先祖の位牌《いはい》のほかに、先妻おまきと後妻おぬいのそれが安置してある。

経をとなえる卯吉の傍に、いつの間にか市太郎がすわり合掌し瞑目《めいもく》する。

(腹をいためた子のことを、私は少しも考えずにお前さんを女房にしてしまい、お前さんを不幸な、取り返しのつかない目にあわせてしまった……どうか、ゆるしておくれ。そのかわり、市太郎がこんなにまじめな人間になって、そして、私の後つぎになってくれたのだよ。そのことにめんじて、どうか安らかに成仏《じょうぶつ》しておくれ)

と、村田屋卯吉は、そんなおもいをこめて経文をとなえる。

市太郎は市太郎で、

(おっ母を死なせたのは、おいらの故《せい》なんだ。かんべんしておくれ。村田屋の旦那《だんな》が、おいらを養子にしてくれた……こんないい旦那へ、おいら、やきもちをやいていたんだ。おいら一人のものだと思っていたおっ母のおっぱいを、ほかの男にはやりたくなかったんだ。かんべんしておくれ、これからは罪ほろぼしのつもりで、一生懸命、はたらいて村田屋の後をつぐつもりだ)

そして、毎朝のように泪《なみだ》ぐんだ顔を、おぬいの位牌へ向けて、

(おっ母、すまねえ)

胸のうちで呼びかけるのを最後に、卯吉と共に仏壇の前をはなれるのであった。

もうすぐに、おぬいの年忌《ねんき》が来る。

# 邪魔っけ

平岩弓枝

平岩弓枝（ひらいわ・ゆみえ）

一九三二年、東京生れ。日本女子大学卒。長谷川伸、戸川幸夫に師事し、五九年『鏨師』で直木賞受賞。以後、戯曲、舞台演出へと活動の場を広げ、多くのテレビドラマの脚本を手掛ける。九一年『花影の花』で吉川英治文学賞を受賞。九八年には菊池寛賞を受賞した。主な著書に『平安妖異伝』『日本のおんな』「御宿かわせみ」シリーズ、「はやぶさ新八御用帳」シリーズなどがある。

一

赤い地紙に黒い文字で「むぎゆ」と書いた竪行燈《たてあんどん》が橋の袂《たもと》に、ぼうっと点《とも》っている。

「有難うございました」

二人ばかりの客を送り出した麦湯売りの女の声にまろやかな言葉癖《ぐせ》があった。長太郎は行燈の灯かげに眼を凝《こ》らした。気がついたのは相手のほうが早かった。

「万石《まんごく》の若旦那《わかだんな》……」

走りよって来たおこうに、長太郎は肩をすくめてみせた。

「若旦那は恐れ入った……店はもう潰《つぶ》れたんだぜ。知ってるだろう」

寄るつもりはなかった涼台《すずみだい》の一つへ、長太郎は腰を下した。行燈の下に麦湯の釜《かま》、茶碗《ちゃわん》などを並べて、その周囲に二つばかり涼台が出ている。店というにはあまりに簡素だが、暑苦しい江戸の夏の夜に、麦湯や桜湯くず湯あられ湯などをあきなう「むぎゆ」の露店は涼《りょう》を求めて夜歩きする八百八町の人々に結構、珍重された景物であった。

「お前さん、いつからこんな商売に出てるんだい」

麦湯を一杯くれと頼んでから、長太郎は腰をかがめて湯をくんでいるおこうの背に問うた。

「川開きの晩からなんです」

「豆腐屋の店は、どうしたんだ」

「やってます。お父つぁんと……」

麦湯を涼台へおいて、おこうは微笑《わら》った。

「この夜店、昨年まではお隣の蠟燭屋《ろうそくや》のおしんちゃんがやってたんですけど、あの人、春にお嫁に行ったでしょう。だから、お隣の小母《おば》さんが私にやってみないかって……豆腐屋は朝の商売だし、やってみたら面白いようにお客様があるんです」

洗いざらしらしい白っぽい浴衣《ゆかた》をきっちりと着て、相変らず白粉《おしろい》っ気《け》のないおこうには、紅染《べにぞめ》の襷《たすき》とふっくらとした愛敬《あいきよう》の良さだけがこうした客商売らしさを匂《にお》わせている。

「おこうちゃんは働き者だからな」

自嘲《じちよう》めいて、長太郎は言った。おこうは黙って立っている。

父親が急死してすぐ、それまで老舗《しにせ》を誇って来た仕出し屋「万石」の店を、番頭と親戚《しんせき》連中が寄ってたかっていいようにしてしまい、半年目には長男で一人息子の長太郎が無一文で店を閉めることになった経緯《いきさつ》は、同じ町内のことだから、とっくに知っている筈《はず》のおこうが自分からその話題を避けているふうなのに、長太郎は苛々《いらいら》した。

「俺、今、どこへ行って来たと思う。柳橋《やなぎばし》の料理屋へはんぺんの注文取りに歩いて来たんだぜ」

「駿河屋《するがや》さんのお店へ御奉公なすったって聞きました……」

駿河屋はこの界隈《かいわい》では指折りのはんぺん商だ。

「そうさ。働かなけりゃ喰えねえからね」

「柳橋は大変なにぎわいでしょう。きれいでした……花火？」

おこうは橋の上の空を仰いだ。この橋は大川とは支流になる小さな川にかかっているので、花火の気配はまるでない。ただ、音だけがよく聞えた。

「花火なんざ、見るもんか」

「まあ、どうして……」

「しみったれた野郎どもがわいわいさわいでやがる……」

吐き出すように長太郎は言った。

「そうだろう。江戸中の船宿や、南両国《みなみりようごく》あたりの料理屋が金を出して川開きだ、花火だと景気をつける。いわば商売でやる花火を一文も出さずに橋の上やら、屋根なんかから玉屋鍵屋《かぎや》と浮かれるなんざ、見倒《みだお》しもいい所だ。他人の商売物を船にも乗らず、料理屋の二階に上りもせず、銭を出さずに見ようなんて、しみったれでなくてなんだってのさ」

花火の音が続いて聞えた。長太郎は見えない夜空へさえ、眼を上げようとしない。

川風が吹いて、おこうは行燈の火をのぞいた。

長太郎が涼台から立ち上って、懐中《かいちゅう》へ手を入れた時、おこうは咄嗟《とっさ》に言った。

「いいんです。これは……」

とたんに長太郎の眼が怒《いか》った。

「はんぺん屋の手代に成り下ってもね、茶代を恵《めぐ》まれるほど零落《れいらく》はしちゃあいねえよ」

ざらりと涼台に投げた銭《ぜに》の数は茶代にしては多すぎた。おこうは素早く、その過半数をつかみわけた。

「若旦那、麦湯《むぎゆ》の茶代は多すぎると野暮《やぼ》なんですって……」

別に、ゆっくり言った。

「麦湯の店は、水茶屋じゃございません」

微笑《わら》った顔だが、声の底にはきびしいものがあった。

長太郎は無言で踵《きびす》を返した。

路地を入ったとたんに甲高《かんだか》い女のどなり声がした。妹のおせんである。

おこうは重い足を路地の奥へ運んだ。

「ちょっと、おこうちゃん……」

一軒手前の蠟燭屋《ろうそくや》の戸が開いていて、暗い中にお熊《くま》が立っている。蠟燭屋の女房で、名前は怖いが世話好きな親切者である。

「今、家へ入っちゃあまずいよ。ここへお出《い》で……」

背後から亭主の和助《わすけ》も言った。

「嵐が止《や》むまで、おこうちゃん、うちで茶でも飲んで行きなよ。いま、お前さんが顔を出したら、嵐が火事になる……」

「すみません。いつも……」

隣家《りんか》の土間へ足を入れかけたとたん、我が家から妹の声がはっきりと聞えた。

「お父つぁんはね、二言目には姉ちゃんがかわいそうだ、おこうが気の毒だっていうけれど、それじゃ、あたい達は少しもかわいそうじゃないってのかい」

父親のおどおどした制止が続き、瀬戸物の割れる音が続いた。

「姉ちゃんは好きで嫁に行かなかったんだもの、二十五にもなって、うすみっともない娘のなりをしていようと自業自得《じごうじとく》さ。だがね。あたいは姉ちゃんの犠牲だよ。あたいが嫁に行けなかったのは、上がつかえてるからだ。嘘《うそ》だと思ったら町内で聞いてみろ。おせんちゃんの嫁の世話をしてやりたいが、それじゃおこうちゃんに悪いからって……みんな、姉ちゃんに義理立てて、あたいを貰《もら》ってくれないのさ。あたいだけじゃない。常吉だって嫁を欲しい年頃になっているのに、姉ちゃんがいい年して家にいるんじゃ、誰も来手《きて》があるもんか。小姑《こじゅうと》は鬼千匹《おにせんびき》ってね」

おせんの声は、深夜であることにも、棟割《むねわり》長屋で近所隣へ筒抜けであることにも遠慮なしだった。

「例の血の道が起ってるんだよ。気にしたらいけないよ、さあ、お上りな。突っ立っていないで……」

お熊に背を押されて、おこうは上りかまちへべったりと坐《すわ》り込んだ。夕方から立ちっぱなしの体も重かったが、心の重さが辛《つら》かった。

「おせんちゃんにも困ったもんだな。まあ、あの年まで嫁に行かないでいるのだから、いらいらもするだろうが……」

団扇《うちわ》を使いながら、和助は蚊帳《かや》の吊《つ》り手を一つはずし、布団《ふとん》をぽんと二つ折りにして坐る場所を作った。

「なに言ってるんだい。おせんちゃんって人はね、自分がどんな女だか考えた事があるのかい。朝寝はする、いい年をして商売の手伝いはしない。水仕事は手が荒れる。裁縫をすりゃあ肩が凝《こ》る……大名のお姫《ひめ》さまじゃあるまいし、そんな女を嫁にもらう馬鹿《ばか》がいるものかね。嫁に行けないのはおこうちゃんのせいじゃない……当人の心がけが悪いからじゃないか」

「小母さん……」

弱々しく、おこうは制した。

「そりゃあ、おせんちゃんはあんたの妹だ。だがね。私はあんたがかわいそうで見ていられないんだよ。怠けもののくせに欲深で、おせんちゃんは銭箱《ぜにばこ》だけはしっかり握り込んでいて、あんたにもお父つぁんにも一文だって自由にさせないってじゃないか……」

「小母さん……もうかんにんして下さい」

上りかまちに手を突いておこうは頭を下げた。

いくら自分につらく当っても、実の妹である。他人からの責め言葉はそっくりおこうが背負わねばならない。

泣くつもりはないのに眼のすみにたまった涙を、おこうは浴衣の袖口でさりげなく拭《ふ》いた。

路地をばたばたと下駄の音が、かけ抜けて行く。呼び止める父親の声が二言ばかり追ったが、それっきりになった。

おこうはうつむいて腰をあげた。

「すみませんでした。おさわがせをして……お休みなさい」

気の毒そうな和助夫婦の視線が、おこうには身を切られるようだ。

路地に出て、闇《やみ》をすかしてみたが、妹の姿は無論みえない。家のくぐりを入ると、あがりかまちに途方に暮れた父親が坐りつくしている。

土間には明日の仕込みに用意した大豆がぶちまけられて足のふみ場もない。

「只今《ただいま》、お父つぁん」

新しくたまった涙を飲みこみながら、

「お隣で、今まで……」

流石《さすが》に語尾が泣き声になった。

二

豆腐屋の朝は早い。

夜明け前に起き出して、水につけておいた豆を石臼《いしうす》でひき、ひいた豆を木綿袋《もめんぶくろ》に入れて圧《お》しをかけて汁を取る。これが父の米吉の仕事だが、ここ二年ばかり父親がめっきりおとろえて来ているのを知っておこうは石臼の役はなるべく自分一人でやってのけた。汁にニガリをまぜ、長方形の穴のあいた箱へ入れて固まらせる間に、おこうは油あげを作り、父親はおからの始末をする。

父親が荷をかついで朝商いに出かけた後、おこうは掃除をし、朝飯の仕度にかかる。その頃、近所隣がガタピシと雨戸を繰り出すのであった。

朝商いから父親が帰って来る頃、漸《ようや》く末の妹のおかよが起き出して来た。むっつりした表情でいつまでも鏡台の前に坐っている。

「かよちゃん、常吉は……?」

弟の常吉も二階に寝ているとばかり思っていたのだ。

「兄さんはいないわよ」

「え?」

「又、横町のお師匠《つしょ》さんに可愛《かわい》がられてるんでしょうよ」

十五になったばかりなのに、そんな時だけ品のない笑い方をする。

おかよが末で、その上の常吉が二十歳《はたち》。父親と母親の良い所だけを取って生れたような器量で、苦《にが》み走った男っぷりだ。小柄《こがら》で子供子供した感じなのに、なかみのほうはませていて、同じ町内のお囲い者の清元の女師匠《ししよう》に重宝がられ、旦那の来ない晩などは女ばかりで物騒だからと泊り込んだりする。勿論《もちろん》、それが只の用心棒ではないことは当人が自慢たらたら町内を喋《しやべ》って歩いたから、忽《たちま》ち評判になってしまった。師匠は旦那をしくじったが、そうなっても十歳も年下の男はそれほどいいものなのか、常吉を入りびたりにさせて平然としている。常吉のほうは三、四日もすると派手な口喧《くちげん》嘩《か》をしたあげく、

「年上の女は、ねちっこくてかなわねえ」

などと、きいたふうなことを言っては家へ帰って来て丸一日、もぐらのように布団をかぶって眠り込んでいる。無論、そんなだから石臼もまわさなければ、てんびんをかついで商いに出ることもない。

十三、四までは父親もがみがみ叱《しか》ったが、小言をいえば口でも腕力でもむかってくる。そうなったら所詮《しよせん》、若い男のめちゃくちゃな反抗にかなう者は一人もなく、いつの間にか、

「さわらぬ神にたたりなし」

に、なってしまった。

父親の米吉が朝商いから帰って来て、おこうが足を洗ってやったりなぞしている間も、おかよは髪がうまく結《ゆ》えないと言って焦《じ》れていたが、三人だけの朝飯を終えると、

「白粉が切れたから買って来ます」

ぷいっと出かけてしまった。

「おかよはだんだん、おせんに似てくるようだな。あの子だけはお前の力になってくれるかと思っていたが……」

湯呑《ゆのみ》を掌《てのひら》に包んで、米吉はもう軒先からじりじりと暑くなって来ている夏の陽にまぶしげな眼を向けて呟《つぶや》いた。

「昨年までは台所仕事ぐらいは手伝ってくれたのに、近頃は、私にろくろく返事もしないんですよ」

「おときが死んだ時、あの子は三つだった。十三になったばかりのお前があの子を背負って、なにもかも母親がわりに育てて来たのに……恩知らずな奴《やつ》だ」

「おっ母さんがいけないのよ。四人もの子供を残して、先に死ぬなんて……」

二十歳までは泣き泣き言った言葉を、二十をすぎてからは笑いながら言う。おこうはそんな自分に女の年齢《とし》を想《おも》った。苦労が教えた諦《あきら》めである。

「そうだ。誰もいない中に、これを渡しとこうか」

どっこいしょと立ち上って、奥の部屋から細長い包を持って来た。

「浴衣だよ、お前んだ。近頃のはやりなんだってね。おっこち絞《しぼ》りというんだそうだね」

「お父つぁん」

藍《あい》が手に染まりそうな鮮やかさを膝《ひざ》にひろげて、おこうは息を呑んだ。着物を新調することはここ数年来まるでなかった。たとい浴衣でも嬉《うれ》しさに変りはない。

「お前が麦湯売りに出ているだろう。夜だからいいようなものの、あんまりかわいそうなんで、昨日、商いの帰りに買って来たんだがね。夜の勘定の時、銭が足りないとおせんがうるさく言うんだよ」

商いに持って出た豆腐や油あげの数と、稼いで来た金とを、おせんは毎晩、父親から当然のように受け取って、神経質なくらい勘定が合うかどうかを算用する。一家の銭箱はがっちりおせんがおさえていて、日々の入用《いりよう》はその度におせんに言って、僅《わず》かずつ出してもらう習慣が、これもいつの頃かついてしまっていた。

何度かは、いっそ稼ぎをおせんに渡さずに、と父もいい、おこうも考えたことがあるのだが、

「おせんには銭勘定《ぜにかんじょう》だけが生き甲斐《がい》みたいなのだから……」

と、肉親だけに、不愍《ふびん》がって実現しなかった。

その他にも、おせんから銭箱を取り上げるとなれば、かなりな大騒動となることも予想出来たし、その繁雑さに堪《た》える勇気は父親にもおこうにもなかったのだ。

「それで、昨夜のさわぎだったんですね」

浴衣に眼を落したまま、おこうは言った。

「おせんにも、おかよにも買ってくれれば良かったんだろうが……よけいな無駄づかいだと叱られるのは知れているし……あいつらはつい先だって、かつぎ呉服屋の清さんから新しいのを買ったばかりだ」

小さいが二棹《さお》ある簞笥《たんす》の中は、殆《ほとん》どがおせんの着物で、続いておかよ。おこうのは、

「姉さんのは古くさくて汚《きたな》らしいから……」

と簞笥にも入れさせず、柳行李《やなぎごうり》を使わせている。もっとも、汚いのはろくに手入れもしない妹たちのもので、おこうのは古くとも、洗いも繕いも行き届いているから小ざっぱりと始末がいい。

「浴衣一枚、買ってもらったくらいで、近所隣に聞えるように罵《ののし》られたり、嫁ぎおくれの、邪魔物扱いされるんじゃたまりませんね」

皮肉っぽく、おこうは言った。我儘《わがまま》で手前勝手な弟妹たちをおさえ切れない父親への小さな腹立たしさもあった。

「そうだよ。たかが浴衣一枚だ」

横鬢《よこびん》が目立って白くなっている。まだ五十そこそこなのに、うっかりすると六十過ぎにも見られそうな父親の老いである。おこうは口をついて出そうな皮肉や悪態をそっと胸で消した。

「有難《ありがと》う、お父つぁん、早速、仕立てて着ます。こんな絞りのが、本当は欲しくてならなかったんだもの」

その日の夕方、麦湯売りに出かけようとしている矢先、ふらりと弟の常吉が帰って来た。

「姉ちゃん、なんとかしてくれなきゃ困るじゃないかよ」

女師匠のお仕着せか、粋《いき》な単衣をぞろりと着て店先に突っ立ったまま、いきなりに言う。

「困るって……なにが……」

父親もおかよも湯屋へ行っている。

「昨夜遅くに、おせん姉ちゃんが師匠の家へ転がり込んで来たんだよ」

「そうだってね」

そのことは、昼間、父親が心当りをたずね廻ったあげく、ちゃんと見届けて来ている。

「乙《おつ》にすまされちゃあ困るぜ。こっちはなにかと世話をかけてる師匠の家へ、迷惑かけてもらいたくねえなあ、俺の立場がなくなるぜ」

おこうは弟に近づいた。近づいてみると、弟の息はまだ日が明るいのに酒くさい。

「お師匠さんには、ちゃんとお父つぁんがお詫《わ》びにうかがってますよ。困ると思ったら、常ちゃん、あんた、おせんを泊めなけりゃあいいのに……」

「だって……夜更《よふ》けに女一人……無分別でも起したら、困るのはこの家だ」

「それだけ思いやりがあるなら、おせんを力ずくでも家へ連れ戻してくれたらいいじゃないか。暑い日盛《ひざか》りを、お父つぁんは心配して、あっちこっち商いを放り出して探して歩いたんだよ。せめて、朝にでも、おせんが師匠の所へ来ていると、知らせてくれる親切がないものかい」

へらへらと常吉は笑った。

「おせん姉ちゃんは怒ってるぜ」

「浴衣一枚くらい……欲しけりゃお父つぁんに買っておもらいよ。がっちりしまい込んでる銭箱から銭を出してね」

「浴衣なんざ、一夏着きれねえほど買ってあるとさ」

「じゃあ……なにが……」

「姉ちゃんが、麦湯売りで稼いだ金を出さねえのが癪《しゃく》の種《たね》だとさ」

「常吉」

おこうは弟の眼をみつめた。

「あんたも聞いてたね。川開きの二日前の夜、私がお父つぁんの新しい着物や下着を買うんだから銭を出してくれと、おせんに頼んだのを……その時、おせんがなんて言った。もう間もなく死ぬようなおいぼれに着物なんか無駄な費《つい》えだって……五十のお父つぁんが間もなく死ぬのかどうか神さまじゃないから、あたしは知らない。だがね、老い先短い人だったら尚更《なおさら》、小ざっぱりした着物ぐらい着せてあげたいとあたしは思った。十二年前におっ母さんがなくなってから、あたしたちが継母《ままはは》を持ったら可哀《かわい》そうだと、とうとうやもめを押し通したお父つぁんにせめてそれくらいのことは……」

「姉ちゃん」

嘲笑《ちょうしょう》を含んで、常吉がかぶせた。

「麦湯売りは親孝行のための銭稼ぎかい。又、世間さまが姉ちゃんをたんと賞《ほ》めるだろうよ」

土間にあった麦湯の釜《かま》へ手をのばした。

「いけないよ。商売物を……」

「へっ、好きな男にゃ何杯でも只飲みさせたがりゃあがってさ……俺は見てたんだぜ。昨夜……暗い中で二人っきり……あれは潰《つぶ》れた万石の馬鹿旦那《だんな》の……」

おこうの手が傍《そば》の水の入った手桶をつかみ常吉は横っとびに店を逃げ出した。

三

六月に入って、町の世話役の一人であるはんぺん屋の駿河屋《するがや》で大きな慶事《けいじ》があった。

普段からなにかと世話になってもいるし、お得意先でもあるからと、父親の勧めでおこうはおせんと二人で手伝いに出かけた。

愛敬者《あいきょうもの》で、てきぱきと気のつくおこうは、今までにもよく町内の物持の家で法事や慶事のあるごとに頼まれて手伝いに行っているから、重宝がられて次々と用事を頼まれて気持よく働き廻っていたが、万事、不馴《ふな》れなおせんは要領悪く、台所のすみでつくねんとしていることが多い。

最初の中こそ、おこうはそんな妹に何かと用事をみつけてやったり、教えたりもしていたが、おせんがふくれっ面で返事もろくにしないし、その中には自分自身がいそがしくて妹の世話まで焼き切れなくなった。

客の接待が一通り終って、店の者たちにも祝膳《いわいぜん》が配られるようになると、戦場のようなさわぎだった台所も一段落して、あとは酒の燗《かん》くらいになる。

長太郎が空になった徳利《とっくり》を五、六本まとめて台所へ運んで来た時、がらんとした土間で、おこう一人が洗い物をしていた。

「おや、ほかの者はどうしたんだ」

おこうはふりむいて、長太郎と知ると急いで濡《ぬ》れた手を拭《ふ》き、衿許《えりもと》を気にした。

「みんな、表へ御接待に出てなさるんですよ。あたしはこんななりだから……」

それでも新調のおっこち絞りに母親の形見の帯をしめて来ている。

「おせんちゃんはさっき帰ったようだよ」

「すみません、あの子、ちょっと体具合が悪いようなので……」

いつ帰ったのか知らずにいたのだが、すぐにそんな取り繕いが口から出た。

「この間の晩は……ごめんよ。つい、きざなことを言っちまった……」

徳利に酒を入れるのを手伝いながら、長太郎がそっと言った。おこうは耳の奥まで熱くなった。

「とんでもない。おわびはあたしが申さなけりゃあ……ほんとに堪忍《かんにん》して下さいまし。若旦那に、あんな……」

無器用な長太郎の手から徳利を取り上げた。

「そんなこと……私がします」

「俺だって、この店の奉公人だよ」

声に皮肉はあったが、長太郎はおこうには笑っていた。

「でも……私がします。私がいるんですもの」

長太郎は少しはなれて、おこうの手許《てもと》をみていた。

「あたし……気が強いもんですから、あんなことを言っちまったんです。自分でも気をつけているつもりなんですけど……一年ごとにだんだん気の強い女になっちまって……」

黙って立っている長太郎がどんな表情で自分の言葉を聞いているのか、おこうはそれが知りたかったが、どうしても顔が上げられない。しきりとなにか話したいと思うのだが、そのなにかが出て来ない中に、五本の徳利は燗がついてしまった。

長太郎が台所から去ると、おこうの体の中から、なにか大事なものが引き抜かれでもしたように、わけもなく寂しくなった。こんな心の状態になった記憶を、おこうは今までに持っていない。父親の女房代り、幼い弟妹の母がわりであっけなく過ぎていった青春だった。

「いやだ。あたし……」

おこうは頬を赤くし、あわてて水桶《みずおけ》の洗い物に手を入れた。

だが、その日、おこうは長太郎ともう一度二人きりになる機会に恵まれた。

すっかり台所が片付いた四ツ過ぎ、おこうが駿河屋の主人から御祝儀《ごしゅうぎ》やら折詰《おりづめ》やらを貰《もら》って帰りかけると、表に長太郎が大きな風呂敷《ふろしき》を背負って立っていた。

「柳橋まで、届けるものがあるのでね。ちょうど、途中だからおこうちゃんを送って行くよう旦那から言いつかったんだ。女一人、夜道はぶっそうだから」

「夜道なら馴《な》れっこですよ。もう若くないし……」

しかしおこうはいそいそと長太郎に並んだ。

「若旦那も大変ですねえ。こんな遅くまで……」

つい一年ばかり前は「万石」の若旦那で、たまの用足しには必ず小僧が供についていた人だのに、とおこうは思う。もっとも、その頃の長太郎だったら、気軽く声はかけてくれても、こうして一緒に歩くなんぞ夢にもあり得まい。

「万石の店を乗っ取った叔父がね。俺に万石の店を返してやるというのだよ」

だしぬけに長太郎が言った。腹の中に貯《たくわ》えていた怒りが一度にほとばしるような激しさであった。

「世間が、俺を無一文で追い出したと噂《うわさ》しているので、少々、具合が悪くなったらしい。駿河屋の旦那に、もし俺が商売を始める気なら店を返してやると言って来たそうだ」

「…………」

「だが、俺は断ったよ」

「お断りになった……」

おこうは眼を見はった。

「誰があんな奴の恩を着るものか。番頭と一緒になって俺を追い出しておきながら、世間の風当りがきつくなって、気がさしたんだ。おまけに万石の店もうまく行かなくて、ここの所、荷厄介《にやっかい》になっている。どうせ潰れる店なら、俺に返して有徳人面《うとくにんづら》するほうが得だと算盤《そろばん》をはじいたものさ。誰がその手に乗るものか。俺が返してもらって早速に店が潰れたら、あいつはふところ手をして言うだろう。やっぱり潰れましたね。私がやっていればなんとかなったんですが、若い者はどうも……」

「潰れますかしら。もし、若旦那が今からあの店をおやりなすっても……」

「どうかね。やってみなけりゃわかるまい。俺にはやる気がないのさ」

「なぜ……?」

「みすみす、叔父貴の手で踊らせられるのなんざ、真平《まつぴら》だ」

「でも、もしかしたら万石のお店が、昔のように御繁昌《ごはんじよう》を取り戻すかも知れないのに……」

「知るもんかよ」

二人は川に向って、道を折れた。

「若旦那って……やっぱり旦那さまなんですね」

うつむいて、おこうが言った。声の中に冷ややかなものがあった。

「駿河屋さんで一年近くも御苦労なすったのに、それじゃ苦労の甲斐が……」

「おこう、お前、俺を侮《あなど》るのか」

長太郎は背の荷をゆり上げて、足を止めた。

「違います。侮るなんて……そんな……」

おこうも足を止めた。路地の闇《やみ》に二人は向い合った。おこうの白い顔がそっと川を見た。

「あたし、こう思ったんです。若旦那はやっぱり、本当の苦労を御存じない……」
「なに……」
「本当の苦労って……どんなのか私だって知りません。でも、あたし、苦労のかなしさは知っています。何日もごはんが食べられない。自分だけなら我慢もします。まだ、ききわけのない幼い妹や弟が、腹がへったと泣いていて……あたしが十四の年でした。お父つぁんが、長い間のおっ母さんの病気で無理をしたあげく、そのおっ母さんが死んで、気も弱くなっていたんでしょう、風邪をこじらして寝込みました。二、三日は作ってあった豆腐や油あげを売って……それから先が難儀《なんぎ》でした。あたし、妹と弟と三人がかりで、どうにか豆腐らしいものを作りました。それをかついで売りに出て、まだ何個も売らないのに、酔っぱらいにからまれて、荷がひっくり返ったんです……」

暮であった。最初の中こそ、なにかと面倒をみてくれた近所隣も親類も、我が家が猫の手でも借りたいようなせわしさでは、力になってやりようがなかったのだ。暮は貧乏人にとって決して暮しよい季節ではない。

おこうははじめて誰にも頼らずに自分たち父と子、弟妹の食べるものを自分の手で稼ぎ出さねばならないのを悟った。

地べたに膝《ひざ》をついて、茫然《ぼうぜん》と土にまみれ、くだけた豆腐を眺めているおこうを残して、酔っぱらいどもは笑って去ろうとした。おこうはその一人の裾《すそ》を捕えた。

「あたし、夢中でした。なにを言ったのかおぼえていませんけど、商売物をこんなにされては困るから、それだけのことをして欲しいって言ったんです」

十四の娘が、よくぞ言った、とおこうは思い出すたびに自分の心が悲しくなる。

酔っぱらいは僅《わず》かの銭を出し惜しみして、なんだかんだと言い逃《のが》れて、去ろうとしたが、おこうは一歩もひかなかった。

「ひけなかったんです。あたし……。その中に酔っぱらいの一人が、こう言いました。そんなに銭が欲しいんなら、くれてやるから芸をしろって……」

通りすがりにこの光景を見た人も大方は足を止めただけで行き過ぎたり、でなければ遠くから面白そうに眺めている手合ばかりであった。

「あたし……芸なんか出来ないって言いました。そしたら……そしたら……」

十一年前のその時の屈辱が甦《よみがえ》って、おこうは咽喉《のど》の奥で嗚咽《おえつ》した。

「犬の真似《まね》をさせられました……」

「おこうちゃん……」

長太郎の声が変っていた。

「なにをしたって銭を貰って帰らなけりゃ、弟や妹が飢えて泣いているんです。明日、売る豆腐の大豆を買うお金だってありゃあしません。女の一番大事なもの以外ならどんな恥知らずだってやってやろうと思いました」

おこうは月を浮べてゆれている川面《かわも》を見た。

宵《よい》から厚い雲だったのに、いつの間にか夜空は晴れていた。

「でも、お銭《あし》をもらって家へ帰る途中のつらさったらありませんでした。口惜《くや》しくって、悲しくって……本当に死にたいと思いました。でも、家へ帰ってみんなに温い飯を食べさせ、明日のことを考えたら、死んでる暇なんかありませんでした……」

涙を拭き拭き、おこうが歩き出し、長太郎が黙念《もくねん》と後に続いた。

川沿いの道は月が明るく、提灯《ちょうちん》なしでも歩けそうだ。

「若旦那は、こないだの晩、人さまの金を出してあげる花火を只で見て喜ぶ手合をしみったれだとおっしゃいましたね。でも、それは若旦那のように豊かにお育ちになった人の言うことなんです。私たち、その日ぐらし、ぎりぎり一杯の暮しをしているものは、花火があがったら、ああ、きれいだと楽しんでみせてもらっています。そんなことで心が貧しくなると一々気にしていたら、世の中の美しいもの、きれいなもの、豊かなものに、みんな目をつぶって通らなけりゃあなりません。そんなかたくなな暮し方、ものの考え方のほうが、余っ程、心が貧しいように思えるんです」

橋の袂《たもと》まで来て、おこうはふりむいた。長太郎の姿はどこにもなかった。

四

その年の秋、末娘のおかよに縁談があった。

相手は日本橋の糸屋の手代で、願ってもない良縁だと喜んだが、中二日おいて慌《あわ》てた断りが来た。

話の間違いは、この夏の駿河屋の慶事の折に祝いに来ていた糸屋の主人が、愛敬よく働いているおこうをみて、

「あの、良い娘は？」

と聞くと、豆腐屋の米吉の娘だという。その時はそれきりだったのが、後になって又、話題になり、いっそうちの手代の嫁にもらったらと思いついて聞き合わせると、間に立った使いは、手代の年齢《とし》から、てっきり、これは末娘と勘違いして、

「年は十五」

と報告した。よかろうというので正式に話を持って来たら、とんだ姉妹ちがいだと気がついた。

「馬鹿もいい加減にしてくれだ。おこうに申し分はないが、三つ年上ではたあなんて言い草だ」

父親は怒ったが、おこうはそれほど傷つかなかった。そんな立場には、もう馴れっこになっている。だが、おせんの聞えよがしな悪態《あくたい》には我慢がならなかった。

「お気の毒さまだねえ。愛敬者で働き者で、親孝行と三拍子そろった姉ちゃんの売り込みぶりは達者だが、二十五の大年増《おおどしま》だって売り込んどかなかったのが手落ちだったね。ふん、二十二のお手代さまに二十五の花嫁さまじゃ気の毒を画《え》に書いたようだ」

おせんは自分が嫁ぎそこねたような、奇妙な怒りを感じていた。姉か妹か、どちらかが嫁に望まれた筈《はず》だのに、どちらも断られた結果になったのが肉親としてどうにも口惜しく、それがおこうへの憎まれ口となるのだ。

「ふん、二十五歳の大年増が上にでんとつかえてるんだからね。私はとにかく、常吉やおかよはいい迷惑だよ」

「おせんちゃん……いい加減におし」

とおこうもひらき直った。

「今度のことは、あんたになんのかかわりもない話じゃないか」

「そうよ。だから、あたいはおかよがかわいそうだって言ってるのさ。姉ちゃんみたいな評判のいい女の妹に生れるとね、なにをしたって目立たないし、普通にしたって怠け者だ、甲斐性《かいしょう》なしだって言われるのよ。世間はそうなんだ。姉ちゃんを良い娘だって賞めるついでに、それにひきかえ妹は、と、くるんだ。そういうふうにきまってる。駿河屋さんの手伝いん時だって、あたいがいくら働いたって姉ちゃんにゃかなわない。姉ちゃんは働き者で、あたいは役立たず、みんながそういう顔であたいをみるんだ。おかよだってその通りだ。だんだん、あたいの二《に》の舞《まい》さ」

「おかよちゃん……」

すがるような思いで、おこうは末の妹へ言った。

「お前は違うね。おせんも常吉も自分の悪いことは棚に上げて、私を悪者にするけれど……おかよちゃんだけは……」

黙っていたおかよが眼を上げた。

「おこう姉ちゃん……姉ちゃんなんか嫌いだよ……」

「おかよちゃん……」

「あたいだって、おせん姉ちゃんだって、常吉兄ちゃんだって、みんな姉ちゃんの犠牲なんだ。兄ちゃんが、かわいそうじゃないか」

「常吉が……」

「常兄ちゃんはね。好きな人がいたんだよ。惚《ほ》れてた娘が……だけどその人は言ったんだ。あんな、しっかり者の姉さんがいたんじゃあ、あたしはとてもつとまらないって……他の男の嫁になっちまったよ……」

「誰なのよ。その人……」

おこうはあえいだ。

「お隣の蠟燭《ろうそく》屋のおしんちゃん……」

がんと棍棒《こんぼう》で頭をなぐられたような衝撃だった。おこうは眼を据えた。

「本当なの。おせん……だったら横町のお師匠さんのことは……?」

「あれは、かくれ蓑《みの》よ。常吉は見栄坊《みえぼう》だから女に捨てられたなんて、死んでも思われたくないんだろうよ」

おせんが、うながしておかよも立ち上った。

「あたい、おこう姉ちゃんなんか大嫌いだよ。二十五にもなって、十五の娘に見間違えられる姉ちゃんなんぞ、うす汚なくって……大嫌いだよ」

妹二人がうなずき合って外へ出て行ってから、おこうは長い間、じっと突っ立っていた。

いくつかの事が、頭の中をぐるぐる廻っては出口も入口もない暗闇に立ちすくんでしまう。気がついた時、足はしびれて棒になっていた。這《は》うようにして鏡台の前に坐《すわ》る。鏡の中の顔は蒼《あお》く、世帯やつれして見えた。

底深い悲しみが、おこうを襲った。おこうは両手で自分の衿《えり》を鷲《わし》づかみにした。

「あたしだって……あたしだって一生懸命だったのに……せい一杯にやって来たんだのに……」

声を放っておこうは泣いた。涸《か》れるまで泣いた。

しゃくりあげが漸《ようや》く止った時、おこうは店先へ訪《おとな》う男の声を聞いた。泣き顔を拭《ふ》き、髪を直して、店へ出た。

長太郎であった。

泣き腫《は》れた顔を見せまいと伏し眼がちのおこうへ、明るく言った。

「俺、万石の店を返してもらったよ。奉公人は一人も居ないが、明日っから俺一人で店を開けるんだ。潰《つぶ》れるか潰れないか、俺の力だめしさ」

「若旦那《わかだんな》がお一人で……」

おこうは顔をかくすのを忘れた。

「仕入れと商いは俺が一人でやってのける。だが、肝腎の弁当の中身を作る職人がいないんだ。おこうちゃん、どうだ。俺の女房にならねえか」

不意打だったので、おこうは聞き違いかと思った。

「というと御都合野郎に聞えるか知れないが、そうじゃあない。俺はおこうちゃんを女房に欲しいんだ。お前さんといっしょなら、万石の店を潰さねえで、やって行く勇気が湧《わ》いてくる。なあ、おこうちゃん、今すぐ、俺の女房になって欲しいんだ」

おこうは長太郎の眼の中に、必死なものを認めた。

「若旦那は……今、すぐ、私がお入用《いりよう》なんですね。私がお役に立つんですね」

ふるえる声でおこうは言った。

「そうだ。どうしてもお前さんが要《い》るんだ」

「行きます……あたし……若旦那といっしょに……」

震えは声だけでなく、おこうの全身に起った。がたがたと激しく震えているおこうの手を、長太郎はありったけの力で握りしめた。

「ありがと、よ」

「お礼をいうのは私なんです、あたし……この家では邪魔っけな人間なんです……でも、どこにも行く所がなかったんです……有難うございます。若旦那……」

おこうの眼から一筋、白く涙が落ちた。

前掛一枚と赤い襷《たすき》一本だけを持って、おこうは家を出た。

万石の仕出し弁当は、忽《たちま》ち思いがけない人気を取った。

新しく看板をかけ直した日、

「うまく註文がとれるかどうか」

と危《あやぶ》んだものの、昔からの馴染客《なじみきやく》が少いながら註文を出してくれて、その最初の弁当が好評を得た。おこうの作った素人《しろうと》っぽい総菜《そうざい》に、食べる人に対する細やかな親切がこもっていてそれが忽ち、評判になった。

一日ごとに、僅かずつだが註文も増えた。働き者のおこうにとっても修羅場のような毎日が続いた。それは、長太郎も同様であった。しかし、この忙しい働きずくめの日々には、生き甲斐があった。

暮と正月は、夢中で過ぎた。

藪入《やぶい》りの日、開店以来、始めての休みにして、長太郎はおこうと浅草寺《せんそうじ》へ参詣《さんけい》に行った。

帰りに南両国で用足しをすませ、川っぷちを戻ってくると、

「姉ちゃん……」

てんびんをかついだ若い豆腐売りである。おこうは眼を疑った。

「常ちゃん……あんた、いつから、そんな……」

常吉は照れた笑いで姉と、義兄をみた。

「お父つぁんも年だからな」

「有難う。常ちゃん、よく、その気になっておくれだ……」

おこうの取った手を、常吉は軽くはずした。

「おせんはどうしているの」

「この冬はヒビとアカギレだらけの手になっちまって……痛い痛いって大さわぎさ。朝四時に起きて石臼《いしうす》ひいてるよ」

常吉はもう一度、照れ笑いに笑った。

「お父つぁんも元気だよ。おかよが淋《さび》しがってるから……姉ちゃん、時々は顔をみせに来てくれよ」

言い捨てて、常吉はてんびんに肩を入れた。

見送っていると、器用に調子をとって荷《にな》って行く。板についた豆腐売りだ。

「みんな良く働いてるよ。おせんちゃんも、おかよちゃんも、なりふりかまわずにね」

長太郎が微笑《ほほえ》んで言った。

「あなた、御存知だったんですか」

「働き手のお前を貰《もら》っちまって、親父《おやじ》様が御苦労じゃないかと心配でね。時々、のぞいては見たんだが……案じる事は何もなかったよ」

「私が居なくなったら、なにもかも良くなるなんて……本当に私はあの家の邪魔者だったんですね」

がっかりした調子でおこうは呻《うめ》いた。

「いや、みんなお前に感謝しているよ。姉さんの有難味が身にしみてわかったって、いつか、おせんちゃんが言っていたっけ……」

ただね、と長太郎はいたわりをこめて妻を眺めた。

「木が大きく枝葉《えだは》をひろげて下の者をかばおうとすると、下の者はお日さまに当れなくて伸びようとしても伸びられない。程よく育ったら一人一人、根分けして一本立になって行く。お前は少々根分けするのが遅かったんだ」

「私が枝や葉を力一杯ひろげてやっていなかったら、風に吹きとばされたり、雨や雪でびしょぬれになったかも知れないくせに……」

「そうさ。その通りさ。おかげでみんなうまく育ったし、お前は俺みたいな上等の地所へ植えかわったんだ。良かったんだよ。これで……」

おこうは夫を見、袂《たもと》を抱いて小さく笑った。

家へ帰って、出がけに乾《ほ》しておいた洗濯物を取りこみに、おこうが物干場へ上ると、長太郎もついて上って来た。

やや遠く、冬の川が灰色にくすんで見える。

柳橋も、南両国も、よく見渡せた。

「川開きの時は、ここからだと花火がよく見えるでしょうね」

何気なく言ってしまって、おこうは、はっとした。

長太郎は春の海のような穏《おだ》やかさで、うなずいた。

「そうだ。五月二十八日の川開きの晩は、早じまいにして、お前と二人でここで花火見物をするか」

素直な声であった。

「あなた……」

洗い物を胸にかかえて、おこうは夫の肩へそっと言った。

「あたし……もう、邪魔っけなんかじゃありませんねえ」

「当り前だ。この家では大事な、大事な女房どのさ」

長太郎は二十六にもなって、まだ子供っぽさの残っているおこうの頰を、両手で軽くはさみ込んだ。

# 左の腕

松本清張

**松本清張**（まつもと・せいちょう）

一九〇九年、小倉市（現・北九州市）生れ。給仕、印刷工などの職を経て朝日新聞社西部本社に入社。四一歳で懸賞小説に応募、入選した『西郷札』が直木賞候補となり、五二年『或る「小倉日記」伝』で芥川賞受賞。以後、旺盛な執筆活動を展開し、数々の名作、問題作を世に送り出した。代表作に『点と線』『砂の器』『わるいやつら』『黒革の手帖』などがある。九二年死去。

# 一

深川西念寺《さいねんじ》横の料理屋松葉屋に、このひと月ほど前から新しい女中が入った。まだ十七だったが、小柄でおさない顔をしている。しかし、苦労しているらしく、することが何でも気が利《き》いていて、よく働く。おあきという名だったが、十二三人も居るこの家のふるい女中達からはすぐに可愛《かわい》がられた。

松葉屋は、おあきと同じ日に六十近い老人を下男に雇い入れた。庭の掃除や、客の履物番、風呂焚《ふろた》き、薪《まき》割り、近くへの使い走りなどの雑用をさせる。卯助《うすけ》といって、顔に皺《しわ》が多く、痩《や》せた男である。あまり口かずを利かないが、これも精を出して働く。のっそりとして動作が鈍いのは年齢のせいだろうが、仕事には陰日向《かげひなた》がない。

おあきと卯助とが同時に松葉屋に奉公したのは、二人が父娘だったからである。実をいうと、卯助は近くの油堀を渡った相川町の庄兵衛店《だな》の裏長屋に住んで、それまで飴《あめ》細工の荷を担《かつ》いで売り歩いていた。飴細工は葭《あし》の茎の頭に飴をつけ、茎の口から息を吹いて飴をふくらませ、指で鳥の形などこしらえて子どもに買わせる荷商《にあきな》いである。

卯助は愛嬌《あいきょう》もないし、老人のことで手も何となくきたならしいから、食べもののことで、子供より親が警戒してあまり売れそうもない。それでも、こんな細々とした一文商いで何とか親娘は過ごしていた。無論、ひどい暮らしである。

おあきは父親が商いに出たあとは、近所の子守りなどしていくらかの駄賃をもらいながら、煮炊《にた》きをして父親を待っている。時には父親の荷について出ることもある。

この父娘を松葉屋に口をきいて世話したのは、板前の若い者で銀次だった。銀次は相川町に叔母が居《お》り、そこへ時々遊びに行くうちに卯助親娘《おやこ》を知ったのだ。

「とっつぁん、おめえじゃ、その商いは無理だ」

と銀次は、ある日、卯助に言った。

「おめえが垢《あか》じみた指で飴をひねくり回し、髭面《ひげづら》の口から臭え息をふくれた飴の中に吹き込んでいるのを見たら、どこの親だって子供に握らせた銭をとり上げらあな」

「うむ。違えねえな」

と卯助はそのとき萎《しな》びた指をひろげて改めるように見た。

「おめえの言う通りだ。おれもそう思ってる。近ごろはとんと売れた日が無え」

「そこでよ、とっつぁん。おらア何も幡随院《ばんずいいん》の長兵衛を気どるわけじゃねえが、おあき坊もあのままじゃ可哀想《かわいそう》だ。おれの働いている松葉屋のお内儀《かみ》さんに話して、おめえたち二人を傭《やと》ってもらうよう頼んでみてもいいぜ」

「銀次さん」

卯助はくぼんだ眼をあげた。

「そいつは有りがてえが、おれはこの通り年寄りだし、おあきはまだ子供だしなあ。出来る相談じゃあるめえ」

「なに、おあき坊だって、とっつぁんの考えてるような子供じゃねえやな。いまが蕾《つぼみ》の開きかけだ。あの容貌《きりよう》なら申し分はねえ。それに、おめえの前だが、苦労させてるからしっかりしたもんだ」

卯助が銀次を見たので、銀次は少しあわてた。

「おれがそう言ったからって、妙な勘ぐりをしねえでくれ。おれはおめえたち父娘を楽な仕事に世話してやりてえのだ」

「おめえの親切は分かっている」

と卯助はうなずいた。

「それじゃ何分よろしくお願いするとしよう。おれも年をとったで、荷をかついで回るのも肩が痛くて、からきし意気地がなくなった。おめえに甘えるようだが、そんなら頼むぜ」

いいとも、と板前の銀次は請け合った。彼から松葉屋に話すと、お内儀はおあきを一目見て気に入った。恰度《ちょうど》、若い女中が欲しかったときである。父親の卯助も実直だとみて、一しょに雇った。

父娘が松葉屋に奉公したのはこんな次第だが、幸い松葉屋でもいい奉公人を傭い入れたと喜んでいる。おあきは住み込みで、卯助は店が閉まると夜更《よふ》けに相川町の裏長屋に帰ってゆく。

いまさら、独りじゃ不自由だろうから娘と一しょに住み込んだら、と松葉屋では卯助にすすめたが、

「なあに、この方が気楽でさ」

と彼は断わって帰って行く。それから独りで寝しなに火を起こして一本燗《かん》をつけて飲むのがたのしみだと彼は語った。料理屋の朝は遅い。が、卯助は五ツころには必ず出て来て、女中たちが眼をこすりながら雨戸を繰る時分には表から裏までの掃除が出来て、庭の草とりなどしている。年寄りだから、もっと遅く来ても構わないといっても、卯助は、眼が早くさめて仕ようがありませんので、と笑っている。

笑うと眼が糸のように細くなって人なつこいが、片隅にひとりで坐《すわ》っている時などは頰に尖《とが》った影が出て、眼が光ってみえる場合がある。

「おやじさん、おめえ、前には何をしていた人だね。根ッからの飴売りじゃあるめえ」

と板場や仕こみの連中が四五人あつまったときなど、卯助に訊《き》く者があった。夜も四ツを過ぎると客への通しものは終わるので、閑になった男たちが雑談するのである。

「江戸に出てくるまでは国で百姓をしていたがね。詰まらねえ仕事ばかりで、自慢にもならねえことよ」

と卯助はおだやかに笑う。

「国はどこだね？」

ときいても、

「遠国だ。田舎者よ」

と答えるだけである。

「おめえもいい娘をもって仕合わせだ。何かえ、父親にしちゃ年齢がちっと違い過ぎるようだが、若い女房《かみ》さんでも貰《もら》ってすぐに死なれたのかね？」

これには返辞がなく、にやにやして煙管《きせる》を口にくわえる。おあきに訊くと、おっ母さんは十ぐらいの時に死んだと言うのである。するとおあきは卯助が四十過ぎの時に出来た子であった。

「後妻に出来た子かもしれねえ」

という意見もあれば、

「いや、あれで散々道楽をしてきた男かもしれねえぜ」

と言う者もある。

しかし、現在の卯助からはその名残りもなかった。寝酒は四文一合の安いのを飲むというが、松葉屋で上等を出してやっても辞退して口に触れようとはしない。板前連中は道楽者が多く、四ツ半をすぎて俎板《まないた》を洗うと、さいころを持ち出して車座になる。そんなときでも卯助は興味のない眼つきをしていた。

「どうだえ、おやじさん。おめえもよかったら入らねえか」

と誘う者があると、卯助は顔を振って、ごそごそと片づけものなどしている。

「律義《りちぎ》なもんだぜ」

と誰かが賞《ほ》めた。

律義なことは確かだった。一文売りの荷商いから松葉屋に拾われたことを当人は喜んでいたし、感謝もしている。働きにそれが自然と現われている。

娘のおあきは松葉屋に来て、見違えるようにきれいになった。松葉屋に来る客が、

「いい女《こ》が来たものだね。櫓下《やぐら》にも滅多には居ねえぜ」

とお内儀にほめた。それに、馴《な》れない初心な様子と、汗でもかきそうに動き回る働きぶりが見ていて気持がよかった。

この父娘の間も仲がいい。おあきは何かと卯助に心を使い、父親が夜ふけてとぼと
ぼと帰って行くときなど途中まで見送って、小走りに戻って来るのである。

「あれが親父《おやじ》でなく、情夫《いろ》か何ぞだったら岡焼きものだぜ」

松葉屋の若い者はそう話していた。

二

誰が気づいたのか、卯助の左腕の肘《ひじ》の下にいつも白い布が帯のように捲《ま》いてあると
いうことだった。なるほど気をつけてみると、袖《そで》をたくり上げた時に確かにそんな布
が肘の下を輪のように括《くく》りつけていた。
卯助が来てから途中で気がついたことなので、はじめは怪我《けが》でもしたのかと思って
訊《たず》ねてみたが、卯助はそうではないという。口数の少ない男だったので、それ以上の
説明はなかったが、いつまで経《た》ってもその布の帯は除《と》れないでいる。もしかすると、
以前からそうしているのかもしれなかった。
「おやじさん、その腕はどうしたのだね？」

気になる男が質問した。

「なあに、若え時に火傷《やけど》をして癒《なお》らねえでいるのさ」

と卯助は淋《さび》しい翳《かげ》りのある笑い顔で答えた。

「皮膚《かわ》がひき吊《つ》ったまま、傷痕《あと》が見っともねえので、こうして匿《かく》しているんでね」

そうか、と訊いた者はうなずいて納得した。醜い皮膚の傷痕を布で捲いて人目に見せない。いかにも律義な卯助のしそうなことなので、奥床しく思ったくらいだった。

板前の銀次は、自分が世話した因縁もあってか、卯助には親切だった。

「あんまり無理して動き回ることはねえぜ、おやじさん。そういっちゃ何だが、どうせ年寄り仕事だ。根を詰めることはねえやな」

「有りがとうよ、銀さん。なあに荷台をかついで町中をほっつき歩き、売れ残りの飴をもって帰るよりどんなに気も身体《からだ》も楽か知れねえ。これもおめえのお陰だ」

卯助は礼を言った。

「おめえに喜んでもらえておれもうれしい。おあき坊も滅法きれいになって、お客衆の眼についてるそうだ。お内儀さんがそう言っていたよ。両方から喜んでもらって、おれも世話甲斐《がい》があったというもんだ。松葉屋はこんな水商売だが固い家でな、妙な客は上がらせねえから、おあき坊のことは心配無え。陰ながらおれも付いている。変な真似《まね》はさせねえから安心しな」

銀次は力んで言った。卯助は、よろしく頼むと微笑《わら》って答えた。女中たちの間では、銀さんはおあきさんに惚《ほ》れているのではないかとささやき合った。

妙な客は上がらない、と銀次が言った通り、松葉屋では場所だけに木場の商人が多かった。そんな客は女中たちに心づけを出すから、それだけでもばかにならない。おあきは客から貰《もら》ったものは、みんな卯助に出すようだった。卯助は給金やそれらを貯《た》めて、おあきの世帯のときの用意にしているらしい。寝しなの安酒は彼のただ一つの愉《たの》しみのようである。

卯助は万事が遠慮深い。例えば銭湯に行くのでも、自分だけは店《たな》の用事が終わって、自由な身体にならないと行かない。傭いの男たちは四ツをすぎると手の空いた者から近所の銭湯に出かけるが、卯助だけはどんなにすすめても一しょの連れにはならなかった。

「おれは帰ってからでいい」

と言うのだ。手が空いていれば同じことだと誘っても、いつも断わった。やはり自分の身体になってからという心算《つもり》があるらしい。しかし、彼が夜更けの道を歩いて帰り、近所の銭湯に行くとしても九ツ（午前零時）ごろにはなるだろう。

「それじゃ仕舞い風呂だ。同じ垢《あか》臭え湯でも、早え方がちっとはましだぜ」

と勧めても、

「馴《な》れてるからね」

と卯助は柔和に眼を細める。年寄りの頑固さも手伝っているが、その気持も分からなくはない。たとえ仕舞い風呂でも、やはり行きつけの銭湯がいいのだ。それきり誰も言わなくなった。

春の或《あ》る日のことである。卯助が松葉屋の裏口で埃《ほこり》の立つ道に手桶《ておけ》を持ち出して水を撒《ま》いていると、三十過ぎの羽織をきた男が来た。男は卯助の顔をじっと見た。

「おめえは松葉屋の雇い人かえ？」

と彼は横柄《おうへい》な口吻《くちぶり》できいた。

「へえ」

卯助は返辞した。

「いつからここに来たのかえ？」

「もう五十日くらいになります」

「そうか。そいつは、ちっとも知らなかった。ここんとこ暫《しば》らく来なかったからな」

男はそのまま松葉屋の内へ大股《おおまた》で入って行った。

卯助はその後ろ姿を見送ったが、暗い眼つきになっていた。彼はその男の職業を直感したようだった。

「銀さん」

と卯助は裏から料理場に回って銀次にきいた。

「いま、奥にへえったのは誰だえ？」

銀次は庖丁の手をやめて奥をうかがった。

「うむ、ありゃ目明しの麻吉という男だ」

とかれは教えた。

「門前町の稲荷《いなり》横丁に住んでいるから稲荷の麻吉と人からいわれている。そのあだ名の通り、狐《きつね》みてえに嫌な奴《やつ》だ」

銀次は麻吉を快く思っていないらしく、低い声で悪態をついた。

「お上の御用をきいているが、みんなが遠慮しているのをいいことに、陰じゃ威《おど》しもしているようだ」

「はてね。十手を持った男がね」

「弱い者いじめでね。人の弱味につけこんで何とか小遣い銭を捲き上げようとするげじげじ野郎だ。この家にもちょくちょくやって来るがね。なに、ただ飲みして、帰りにはいくらか鼻紙に包んだものを貰おうって魂胆さ」

「御用風を吹かせてる男にゃよくある手合だね」

と卯助は呟《つぶや》いた。

「そんなところだ。野郎、久しく面《つら》を見せなかったが、何しに来やがったのだろう」

銀次はまた奥を覗《のぞ》くように見た。

それから一刻《いっとき》ほど経ったころ、卯助が裏で薪《まき》を割っていると、さっきの麻吉が通りかかった。麻吉は卯助の横で立ち停まった。

「精が出るな」

と麻吉は卯助の頭の上から声をかけた。彼の顔は酔って赭《あか》くなっていた。

「へえ」

卯助は頭を下げた。

「おめえ、何という名だえ?」

「卯助と申します」

「卯助さんか。なるほど年寄り臭えが、色気のある名前だな」

麻吉の足もとは少しふらついていた。しかし、彼の眼は卯助の左腕に吸いついていた。

「おい、卯助さん。おめえのその左の腕に捲いた布はどうしたのだえ?」

「へえ」

卯助はたくり上げた左の袖をそっと下ろすようにした。

「火傷をしましてね。こりゃ飛んだものが親分のお眼に入りました」

「うむ、火傷か。火傷とはちっとばかり色気が無えな。この家の竈《へっつい》の前にしゃがんだとき、割木の火でも弾《はじ》いたのかえ?」

「いえ、若えときからの傷でございます。あまりきたねえので、こうして布を捲いております」

「うむ、若えときのか」

麻吉の眼に冷笑が泛《う》かんだ。

「若えときの火傷の痕《あと》が見っともねえので、そうして匿しているなんざいい心がけだ。なあ、卯助さん。いつか一ぺんそいつをおれに見せて貰いてえもんだな。おらアそういう傷痕を見るのが好きな性質《たち》でね」

麻吉は、せせら笑うようにして立ち去ったが、卯助は鋭い眼つきをしてその後ろ姿を見送った。

三

稲荷の麻吉が久しぶりに松葉屋に顔を見せた用件は間もなく知れた。

木場の旦那衆《だんなしゆう》が、ひと月に二回ぐらい松葉屋の奥座敷に集まって無尽講《むじんこう》を開いている。だが、無尽講というのは表向きで、実は宵から酒を呑《の》んだあと、明け方まで手慰みをするのである。五六人の人数だったが、大きな商人のことで場で争う金も少額ではない。はじめは無尽のあとの座興で始まったのだが、近ごろでは熱が入ってこの方が主になっている。松葉屋では厳しく隠していたのだが、これを麻吉が嗅《か》ぎつけたらしい。

本来なら博奕《ばくち》は法度《はつと》であるから、十手を預かっている麻吉はこれを禁止させるか、見て見ぬふりをするかであるが、麻吉は松葉屋にやんわりと捻《ね》じ込んで、その場の立つ座敷に出入りさせろと要求したのである。といって、彼には旦那衆に混って賽子《さいころ》の目に張るだけの金がある筈《はず》がない。つまり、朱房をふところに持っている俺を出入りさせたら安全だという売り込みと、相手の弱点を摑《つか》んで否応《いやおう》を言わさない脅しがあった。手当てとしてテラ銭を出させ、これを捲き上げる計算なのだ。

それからというものは、麻吉は足しげく松葉屋にやってくる。月二回の奥座敷への出入りも思った通りに叶《かな》ったらしく、大そう機嫌がいい。間の日もやってくるが、松葉屋でも疎略《そりやく》に出来ないから、その都度、酒を出して帰させる。麻吉は松葉屋に来ると、いつも生酔いであった。

そんなことが三月もつづいた。そのうち稲荷の麻吉は、おあきに眼をつけているらしいと女中たちの間で噂《うわさ》が立った。彼はそのために用事もないのに度々松葉屋に来るというのである。廊下でおあきにしつこく搦《から》んでいるのを見かけた女中もいた。

「狐野郎。そろそろ本性を出しやがったな」

と銀次は陰で息まいた。

「おあきちゃんに手を出すなんて飛んでもねえ奴だ。なに、おれがついているからには指一本させるもんか」

銀次は出刃庖丁を振ったが、これは陰の話で、麻吉に正面から会うと意気地がなかった。

「おい、銀次」

と麻吉は銀次に声をかけた。

「こりゃア親分」

銀次は鉢巻きの手拭《てぬぐ》いをとってお辞儀をした。

「てめえは案外色男だってなあ」

「へ」

「何だそうだな、てめえはおあきに惚れてるそうだな」

「ご冗談で」

「なにも照れることは無えやな。この家におあき父娘を世話したのはてめえだそうじゃねえか？」

「へえ。左様で」

「ふん。いい心掛けだ。それでなくちゃ女は狙《ねれ》えねえな」

「いえ、あっしゃ何もそんな」

「餓鬼相手の一文飴《あめ》売りのうす汚ねえ親父を一しょにこの松葉屋に背負い込ませたなんざ天晴れな細工だ。だがな銀次、あの卯助という親爺《おやじ》は、一体、何者だか知ってるかえ？」

「別に。ただの飴屋でございます」

「そうか。おめえたちがそう思ってるから世の中は泰平楽だ。まあいいやな。せいぜいおめえはあの年寄りの機嫌をとっておくことだな」

稲荷の麻吉はあざ笑って立ち去った。

麻吉がどんなことをしているか、松葉屋の傭い人たちは薄々知っている。しかし、麻吉はそんなことは歯牙《しが》にもかけない横柄な顔をしていた。彼は自分が皆から嫌われていることは知っているが、同時に誰からも抵抗をうけないことも心得ている。

だが、卯助を見る眼だけは違っていた。それは相手を無視することの出来ないような、一種の怯《おび》えのような色がひそんでいた。自分の所業を奥まで見透かされているような弱味を、卯助に行き遇《あ》ったときだけは見せた。それがかえって逆に憎しみとなって出てくる。麻吉が卯助の姿を見つめる時は、蛇のような冷たい眼になっていた。

まだ陽の高いうちだったが、卯助が近所に使いに出て帰りかけると、うしろから麻吉が大股で追って来た。

「おい、卯助さん」

とかれは卯助と肩をならべて歩いた。

「これは、親分さん」

卯助は小腰をかがめた。

「相変わらず精が出るね」

と麻吉は言った。それが愛想でないことは卯助にも分かっている。

「へえ。何しろ年齢《とし》をとりましたので、からきし身体の意気地がなくなりました」

「なに、おめえくらい壮健《たっしゃ》なら結構だ。一文飴の荷商いよりやっぱり楽かえ？」

麻吉はそろそろ厭味《いやみ》を言った。

「へえ。そりゃもう。極楽でございます」

「銀次の世話だそうだな。世の中には親切な者があったもんだ。おめえは銀次を婿《むこ》養子にするつもりかえ？」

「いえ、そういう訳ではございません。銀次さんは好《い》い人で、ただその親切に甘えただけでございます。銀次さんに限らず、店の方はみんな親切にして下さいます」

「その親切にしてくれる人への遠慮かえ、おめえがみんなと一緒に風呂《ふろ》にへえらねえのは？」

この言葉で、卯助はちょっと黙った。それを探るように麻吉はじろりと見た。

「聞いたぜ、そんな話を」

「その通りです、親分」

と卯助は答えた。

「そりゃ、あっしの気儘《きまま》でね。やっぱり遅くなっても行きつけた風呂屋の方が心持が落ちつきます。ただ、それだけの理由《わけ》でさ」

「おめえの行きつけの風呂てえな梅湯だな」

「へえ」

卯助は麻吉の心を計りかねて曖昧《あいまい》な返事をした。

「そうか、まあ、いいや。ところで、おめえの生国は何処《どこ》だね？」

「………」

「変にとってくれちゃ困る。おれは何も御用の筋で訊《き》いてるんじゃねえ。ちょいと心覚えに訊いたまでよ。御用で訊くときはおめえを番屋にしょっぴいて行かあな」

麻吉は最後の言葉に力を入れた。

「越後でございます」

卯助はぼそりと答えた。

「うむ。越後か。越後とは大ぶん遠いな。ところで、卯助さん、おめえのその腕の火傷も越後で受けたのかえ？」

「へえ——」

卯助は低い返事をした。

「そうか。そいつは災難だったな。今もって他人《ひと》前で布を解いて見せられねえとは、よっぽどの火傷に違えねえ。どうだえ、卯助さん、おれもこんな稼業柄《かぎょうがら》、他人の傷改めが商売だ。のちのちの知恵のために、一ぺんその捲いた布を解いて見せてくんねえか？」

「親分の言葉だが」

と卯助は眼に光を見せて、きっぱりと言った。

「こいつばかりは御勘弁願います。この傷は醜い傷だ。娘にもまだ見せたことが無えので」

「なるほど」

と麻吉は言ったが、頰に冷笑が流れていた。

「娘にも見せねえほど嫌がる傷を、おれが無理にでも見る訳には行くめえ。今日のところは引き退《さが》ろう。だがな、卯助さん」

とかれは相手の顔をじろりと見た。

「おれは一旦《いったん》思い立って遂げられなかったら、どうにも心に残っていけねえ男だ。まあ、このことを覚えておいてくれ」

四

稲荷の麻吉は、小部屋で酒を飲んでいたが、盃《さかずき》を強く置くと、

「ええ、面白くねえ」

と言った。宵の口から飲み出して、今夜はいつもより遅くまで腰を据えている。眼が酒で熟れていた。

「あら、親分さん、どうなさいました？」

前に坐《すわ》っているおみつという年増《としま》の女中が、銚子《ちょうし》を持った手を上げた。

「どうもこうもねえ、面白くねえのだ」

麻吉は拗《す》ねるように肩を動かした。

「だから、何が面白くないんですか。さっきから妾《わたし》ひとりだけが差し向かいでお酌をしているじゃありませんか」

おみつは媚《こ》びるように麻吉の赭い顔を見上げた。

「何をいやがる。てめえのような婆《ばば》あに酌をされて酔えるけえ。さっきから生唾《なまつば》が湧《わ》いて仕ようがねえのだ」

「婆アで申し訳ありませんね、親分さん。いまにみんな呼んで来ますから。おあきちゃんも伺わせます」

おみつは麻吉の下心を読んだように言った。

「おあきは何処に行っているのだ？」

「二階の座敷です。今夜は日本橋の大事な旦那方が大勢見えているので、みんなその方へかかり切りなんですよ」

おみつはうっかり口をすべらせた。

「なに、大事な客だと？」

麻吉は眼をむいた。

「こいつあ面白え。すると何かえ、おれはこの家では大事な客ではねえというのか？」

「いえ、そ、そんなわけじゃありませんよ。そりゃ親分さんも大事なお客さまです。変ですよ、親分さん、今夜は」

おみつはあわてて酌をしようとしたが、麻吉はいきなり銚子をもぎ取ると片隅に投げた。

「あれ」

「ふざけたことを吐《ぬ》かすねえ。振舞酒を飲んでいるかと思って馬鹿《ばか》にするな。こっちは大威張りで飲める訳があるんだ。それとも金が欲しけりゃくれてやる。てめえたちに乞食《こじき》扱いされて堪《たま》るか」

「な、なにも、そんな、親分さん」

おみつは後退《あとずさ》りながら喘《あえ》いだ。

「ええい、うるせい。金ならこの懐《ふとこ》ろに江戸中の馬に喰わせるほどあるんだ。今夜はおれの散財だから文句は無え筈だ。みんな女中たちを呼んで来い。一人残らず集めろ」

稲荷の麻吉はふらふらと立ち上がった。

「あれ、親分」

「ええい、邪魔するな」

麻吉は襖《ふすま》を蹴《け》って開けると、廊下に出た。眼が据わって動かなかった。かれは折りから膳《ぜん》を抱えて廊下を通りかかった女中の肩を摑まえた。女中は、あれ、と膳を落として身体《からだ》をすくませた。

「構うことはねえ、そいつはおれの勘定につけておけ。おめえはすぐにおれの座敷に入れ」

麻吉が肩を突くと、女中は悲鳴をあげて座敷に転がり倒れた。

「やい、やい。女ども」

と麻吉は廊下に仁王立ちに股をひろげて突っ立ち、大声で叫んだ。

「みんな集まれ。今夜はこれからおれが総上げだ。いま客に出してる酒や料理はおれが勘定を払ってやらあ。さあ。来い。ひとりも残っちゃならねえ。すぐ集まれ」

二階で騒いでいる声がぴたりと熄《や》んだ。帳場からも、料理場からも顔がのぞいた。

「おあきは居ねえか。おあき。下りて来い」

麻吉は喚《わめ》きつづけた。

「畜生」

と料理場では銀次が歯を鳴らしたが、とび出してゆく勇気はない。帳場の男も顔色を失っている。お内儀《かみ》は奥でおろおろしていた。

のそりと麻吉の背後から人が歩いた。落ちついた足どりだったが、麻吉の肩を叩《たた》くのもおだやかだった。

「親分」

麻吉はふり返った。

「だ、誰だ」

眼をすえて睨んでいたが、

「おう、おめえは卯助か」

「へえ」

卯助は頭をさげた。

「親分さんは酔っていなさるようだ。少しお寝《やす》みなさった方がいいと思いますがね」

「何を」

と麻吉は吼《ほ》えた。

「利《き》いた風なことを言うぜ。こいつあいよいよ面白くなった。おめえがおれを扱おうてえのか」

「いえ、そんな大層なわけじゃございません。あっしは親分の為《ため》を思って申し上げてるんでね」

「おれのためだと？」

麻吉は眼を光らせた。

「ようし。どうためが悪いのか聞こうじゃねえか。おれもお上の御用を勤めている者だ。耳学問におめえの講釈を承ろうじゃねえか」

「親分。まあ、こっちに来なせえ」

卯助が手を握って引っ張ると麻吉の身体は廊下を泳いだ。

「な、なにをしやがる」

「いいから来なせえよ」

卯助に抱えられて、酔った麻吉は他愛なく引きずられた。みんなが呆《あき》れたように棒立ちになって見送った。

二人の姿は松葉屋の裏門から消えた。どうなることかと思っている皆の前にやがて戻ってきたのは卯助ひとりだった。

「なにね、おとなしくひとりで帰りなすったよ」

と卯助は皺《しわ》の多い顔で笑っていた。しかし、卯助がどんな方法で荒れている麻吉を説得したか誰にも分からなかった。

その翌《あく》る晩のことである。

卯助がいつものようにおあきに途中まで送られ、油堀を渡って裏長屋のわが家に帰った。陽気がよくなったので寒くはない。かれは手拭いをさげて夜風に当てられながら、少し歩いたが、途中から足を変えて火の見櫓《やぐら》の下を通って、少し遠い熊井町の亀《かめ》の湯に行った。そのころの銭湯は八ツ（午前二時）近くで湯を落としていた。

夜更《よふ》けのしまい湯のことで、さすがに客は疎《まば》らであった。卯助は昼間の汗を流していい気持だった。番台では番頭が蠟燭《ろうそく》の灯影で居眠りをしている。蠟燭は洗い場や衣類の置場に湿ったような暗い光を放っていた。

卯助が柘榴口《ざくろぐち》から出て身体を拭い、着物を着ようとすると、にわかにその左の腕を誰かにつかまえられた。

暗い蠟燭の光は稲荷《いなり》の麻吉の顔を映し出していた。

「おお。こりゃア親分さん」

「卯助。昨夜は厄介をかけたな」

麻吉は、しっかりと卯助の腕を握って放さなかった。

「へえ」

「へえじゃねえ。おれは礼を言いに来たのだ。おめえはたしか梅湯に来ると言ったな。こやい、ここは亀の湯だぜ。まさか梅と亀とを間違えるほどおめえも耄碌《もうろく》はしめえ。こんなことだろうと思っておれはさっきから待っていたのだ。おめえの了簡《りょうけん》は大てい分かっている。おれに梅湯といったもんだから、要心にこっちの湯に来たのだろう。おれはおめえの勘定より先回りしてここで待ってたのだ」

麻吉は一気に言った。

「そりゃ親分の邪推だ。あっしは気ままにこっちに来たばかりだ」

卯助は握られた手を引こうとしたが、麻吉は放さなかった。

「昨夜はおれが酔ってたから、おめえにいいなされたが、今晩はそうはゆかねえ。正気ならおめえなんぞにからかわれて堪るか。やい、うろたえずにこの手を見せろ」

麻吉は卯助の左の腕を強く手ぐり寄せると蠟燭のところに近づけた。布の無い、まだ濡《ぬ》れている卯助の肘《ひじ》の下に四角い桝形《ますがた》の入墨がべっとりと彫られていた。

「ざまア見やがれ」

麻吉はそれを確かめると勝ち誇ったように言った。

「やっぱり、てめえは無宿の悪党だったな。火傷《やけど》の痕《あと》が汚ねえと他人には見せられねえ筈だ。湯にもみんなとは入らねえ筈だ。入墨者と分かっては律義《りちぎ》そうなおめえの化けの皮が剝《は》げるからの」

「親分――」

といったが卯助はあとを黙った。

「やい。口が利けめえ。しかもこの入墨の型は長門《ながと》のものだ。びくりとすることはねえ。おれも目明しだ。四書五経は暗記《そらん》じねえでも、それくらいは知らねえでどうする。卯助。てめえ、小博奕《ばくち》ばかり打ってたのじゃあるめえ。けちな搔潗《かっさら》いか、強請《ゆすり》でもして牢《ろう》に喰らい込んだか。どうせ押し込みなんぞ出来る肝っ玉は持っちゃいめえからの」

「親分さん。堪忍《かんにん》して下せえ。あっしが悪かった」

卯助は白髪のまじった頭を垂れた。

「なに。堪忍してくれだと?」

麻吉はあざ笑いを泛《う》かべて言った。

「どうしてくれと言うのだ？」

「おめえさんの言う通りだ。私は若えときにぐれて博奕で喰らい込み、こんなお仕置きをうけました。だが、今じゃ真っ当な人間だ。こんなことで折角ありついた楽な仕事から追われたくねえ。私も年齢をとりましたでね。それに、このうらめしい入墨は、娘にも見せたことがねえ。親分さん。分かって下さるだろうね？」

「ふん。勝手なことを言うぜ」

麻吉は吐いたが、すぐに何かを考えたように、握った手をゆるめた。

「なるほど、おめえも年齢をとっている。ここでおめえのような者の素姓をあばき立てても大人気ねえ。娘も可愛《かわい》かろう。だがな、卯助。そんなに娘が可愛いなら、別の方法もあるぜ」

稲荷の麻吉は、にたりと笑うと、はじめて卯助の腕を解放した。

## 五

それから三晩目の雨の夜中である。

表の戸を叩く音で、卯助は眼をさました。

「誰だえ？」

「おれだ、おれだ」

外の声は乱れていた。卯助は起きて戸を開けた。銀次が濡れた姿で息を切らせていた。

「どうした、今ごろ、銀さん？」

「大変だ。松葉屋に押し込みが入ったのだ」

銀次は倒れかかるように言った。

「なに、押し込みだと？」

「うむ。奥座敷で木場の旦那衆《だんなしゅう》が遊んでいなさるところに多勢で入ったのだ」

奥座敷で月に二度、どんなことが行なわれているか、卯助も銀次も薄々知っていた。押し込みの賊はその金を目当てに侵入したに違いなかった。

「まだ逃げずに居るのかえ？」

卯助は帯を締め直して訊いた。

「客も女中も傭《やと》い人もみんな縛って落ちついたもんだ。おれはやっと縄を解いて見つからねえように逃げて来たがね。心配なのは女どもだ。どんな悪戯《わるさ》をされるか分からねえ。おあきさんも縛られている。おれはそれが心配で、辻番《つじばん》よりおめえのところに先に走って来たのだ。何しろ稲荷の麻吉まで縛られているんでね」

「あの狐《きつね》もその場にいたのか」

卯助は眼を光らせた。

「今から辻番に駆け込んでも、間に合うかどうか分からねえ。一体、押し込みの連中は、どれぐらいの人数かえ？」

「五六人というところだ。事情を知って入ったらしい。刃物を突きつけてのことだから始末におえねえ」

銀次は自分の不甲斐《ふがい》なさを弁解するように言った。

「よし」

卯助は戸締まりに使った樫《かし》の棒を手に持つと、その場から走り出した。足に泥を刎《は》ね上げながら後からついて来る銀次へ、

「銀さん、危ねえから、おめえは家の中へは寄りつかねえでくれ」

と注意した。雨は相変わらず降っている。

卯助が松葉屋の裏口から忍んで入ると、帳場の横につづいた納戸《なんど》では雇い人たちが転がされていた。見張りの頬被《ほおかむ》りの男が立っていたが、卯助の姿を見ると、

「お。何だ、てめえ」

と匕首《あいくち》を持って構えた。卯助は、どこにそんな身軽さがひそんでいたかと思うよう

な速さで飛びかかると、光った物を棒で叩き落とした。見張りの男は障子を仆《たお》して転ぶと、その脛《すね》を卯助の棒が叩いた。男は悲鳴を上げた。

奥座敷の方から誰か走って来る足音がしたが、卯助は出遇《であ》い頭に黒い影を棒で殴った。相手の影は手で頭をかかえてうずくまった。

座敷は明るかった。百目蠟燭が燭台《しょくだい》の上に燃えている。その下に散った小判や小粒の光った堆積《たいせき》をとり巻いて、二組の人間がいた。五六人の男たちが隅に寄りかたまって臀《しり》をついて恐怖で縮んでいる。稲荷の麻吉がその中で蒼《あお》くなっていた。

頰被りに尻《しり》からげで、毛脛を出した男たちはお定まりの夜盗の格好だったが、白刃の長いのを突きつけているのも決まった型だった。一人が屈《かが》んで、場の金を包みこむところだった。

卯助が入って行くまでに、いまの物音を怪しんだか、三人がこちらに向きを変えていたが、卯助ののっそりした姿を見ると、一人がものも言わずに刀を振って来た。

卯助はお辞儀をするように腰をかがめると、棒を伸ばして刀を叩き落とした。次にその頰被りの顔の正面を撲《なぐ》った。

金を蔵《しま》い込む男もおどろいて立ち、三人とも刃物をもって卯助の正面に身を構えた。

「や。老いぼれじゃねえか」

と一人が言った。眼ばかり光らせて彼らは、じりじりと爪先《つまさき》を寄せた。

「やいやい、じたばたするな」

と卯助は叱《しか》った。

「そんなおもちゃで脅かされて一々金を持って行かれちゃ堪《たま》らねえ。そのまま一文も手つかずに置いて行け。女たちが朝晩拭《ふ》き込んだ鏡のような廊下に泥を上げたのは了簡がならねえが、まあ子供の悪戯だと思って勘弁してやる。早えとこさっさと失せろ」

横に回った一人が、いきなり刀を振ってきたが、卯助は棒で叩いた。

「えい、聞き分けのねえ野郎だ。下手なかんかん踊りをしやがると、表の水溜《みずたま》りの中に面を突っ込ますぞ」

卯助は棒をとり直した。

気怯《きおく》れがしたように、男たちは後に足を一歩退いたが、その中の一人が眼をむいて突然、構えを崩して叫んだ。

「おう。おめえさんは蜈蚣《むかで》の兄哥《あにい》じゃねえか?」

卯助は、初めて顔色を動かした。

「なに。だ、誰だ、てめえは?」

叫んだ男は刀を投げると頰被りを除《と》った。額に疵《きず》のある髭《ひげ》の濃い顔が表われた。

「おれだ、おれだ。上州の熊五郎だ」

卯助はじっと見ていたが、

「うむ。違えねえ。おめえは熊だ。珍しいとこで会ったの？」

「面目ねえ」

と熊五郎は頭を掻《か》いた。

「こんなところに兄哥が居ようとは思わなかった。勘弁してくんねえ。――やい、てめえら、その光り物を片づけろ」

と熊五郎は仲間を叱った。

「このお方はな。蜈蚣の卯助さんといって以前《もと》はでかいことをして鳴らした大そうなお人だ。おれたちが五十人かかっても敵《かな》うお方じゃねえ。早く謝れ」

「二昔も前のことを言うぜ、熊」

と卯助は嗤《わら》って言った。

「おれは年寄りだ。そんな悪事とは疾《と》うに縁を切っている。いやな時におめえは面《つら》を見に来てくれたな」

「なるほど、兄哥も年齢《とし》をとったなあ。おれははじめ気がつかなかったぜ」

「当たり前よ。再来年《さ》には六十にならあ。今じゃ料理屋の掃除番で、娘とこの家に奉公して、おれなりに気楽な暮らしをしていたのだ」

「うむ。そう言《めえ》やおめえさんには女の子がいたな。もう大きくなったろう。死んだ姐《ねえ》さんはきれいな女《ひと》だったから、おっ母さんに似て容貌好《きりようよ》しだろう」

「その娘は、おめえたちに縛られて、あっちで転がってらあな」

「いけねえ」

熊五郎は、一人に言いつけてすぐに納戸に走らせた。

卯助は、隅に縮んでいる稲荷の麻吉に眼を向けた。

「おう、稲荷の」

麻吉は、びくりと眼を慄《ふる》わせた。

「いま、おめえが聞いたような次第だ。もう腕の入墨もへちまも無え。なまじ人さまにかくそうとしたから狐のようなおめえに脅かされたのだ。もう大びらだぜ、稲荷の」

「へえ」

「仕舞湯まで足労かけたが、おあきをどうのこうのというおめえの話の筋は、これで消えたようだな。おれも年齢をとって気が滅法弱くなったが、そのせいだろうな、おめえが怖かったぜ。いっそ、これで迷いの夢がさめたようだ。熊。何がきっかけになるか分からねえな」

「何のことだね？」

「おめえにゃ分からねえ話よ。熊。この男をみろよ。これで十手をもっている人間だ。その十手は弱え者を餌食《えじき》にしている道具でね」

熊五郎が麻吉を睨《にら》むと、かれは膝《ひざ》を後ろにそっとすべらせた。

「いい人ばかりだったが、此処《ここ》の奉公もこれきりだ」

「済まねえ、兄哥。真っ当になったおめえに迷惑をかけた」

「なに、構わねえ。なまじおれが弱味をかくしていたからだ。人間、古疵《ふるきず》でも大威張りで見せて歩くことだね。そうしなけりゃ、己《うぬ》が己に負けるのだ。明日から、又、子供相手の一文飴《あめ》売りだ。――子供はいい。子供は飴の細工だけを一心に見ているからな」

外の雨の音が強くなって、屋根を敲《たた》いた。

# 釣《つり》忍《しのぶ》

山本周五郎

山本周五郎（やまもと・しゅうごろう）

一九〇三年、山梨県生れ。横浜市の小学校を卒業後、東京木挽町の山本周五郎商店に徒弟として住み込む。二六年、『須磨寺附近』が「文藝春秋」に掲載され、文壇出世作となった。四三年、『日本婦道記』が直木賞に推されるも、受賞を固辞した。主な著書に『樅ノ木は残った』『赤ひげ診療譚』『さぶ』『人情裏長屋』『風流太平記』などがある。六七年死去。

一

勝手口で盤台をおろした定次郎《さだじろう》は、「けえったぜ」と云《い》いながら、腰高障子をあけようとして、ほうと眼をそばめた。貼《は》り替えたばかりの障子紙に、将棋の駒形《こまがた》でかこって「魚定」と書いてある。まだ書いたばかりとみえて、墨の香が匂《にお》っていた。

「為公《ためこう》のしごとだな」と定次郎は微笑し、天秤棒《てんびんぼう》を立てかけながら、その障子をあけて、「けえったぜ、おはん」と云った。

家の中はしんとしていて、狭い勝手の、暗くなった流し元のあたりに、蚊の声が高く聞え、蚊遣《かや》りの煙がこもっていた。——彼は手を伸ばして、棚に伏せてある皿を二枚取って戻り、盤台をあけて、皿の一つへうるめのひらきを三枚、他《ほか》の皿へ三枚におろした針魚《さより》をのせた。

そのとき隣りの勝手口があいて、おみやという後家が顔を出し、「あらお帰んなさい」と云った。むくんだような顔に白粉《おしろい》が濃く、髪はいま結ったばかりのように、いやらしいほど艶《つや》つやと油で光っていた。

「おはんさんいないんですか」とその後家は含み声で云った、「いましがた声がしていたようでしたけどね」

「湯へでもいったんでしょう」

「おぶうはもういって来たのよ」とその後家は云った、「あたしいっしょになって、流しっこをして来たんですもの、おはんさんめっきり肌《はだ》に膏《あぶら》が乗って来たのね」

定次郎はあいまいに「へ、――」と首を振り、勝手へはいって、二枚の皿を鼠不入《ねずみいらず》の中へ入れた。そこへ、おはんが帰った。小走りにどぶ板を踏んで来て、「お帰んなさい」とうしろから声をかけた。

「浮気をしてちゃだめじゃないの」とその後家がおはんに云った、「大事な御亭主を取られちゃってよ」

「だからおちおち使いにもいけないのよ」とおはんは答え、定次郎のうしろから、「あたししましょうか」と云った。

「肴《さかな》をしまったんだ」と彼は云った、「いいうるめがあったぜ」

「あらうれしい」とおはんは乾いた声で云った、「久しぶりだわね」

そして天秤棒を持って、勝手へあがった。

隣りの後家は家の中へはいり、定次郎は盤台を井戸端へ運んだ。向う長屋の女房たちが三人、なにか饒舌《しゃべ》りながら洗いものをしていて、彼のために場所をあけた。彼はぶっきらぼうに挨拶《あいさつ》をし、けいきよく水を使いながら、盤台や庖丁を洗いだした。あたりは黄昏《たそがれ》の色が濃くなって、長屋裏の空地のほうに、子供を呼ぶらしい女の声が、語尾をながくひいてものかなしく聞えた。

洗った物を勝手口へ運んでいると、相長屋の為吉《ためきち》が通りかかった。定次郎と同じ年の二十三で、版木《はんぎ》を彫る職人だった。

「いまけえったのか」と為吉が声をかけた、「よく稼ぐな」

「お互いさまだ」と定次郎は答え、障子に書いてある字へ顎《あご》をしゃくった、「たかがぼて振りに魚定とはてれるぜ」

「それじゃあ仕出し御料理とでもするか」

「勝手にしゃあがれ」

為吉は喉《のど》で笑い、「あとで一番どうだ」と云った。よかろう、と定次郎が頷《うなず》いた。じゃあ飯を食ったら来るぜ。いいとも、いいけれども湯へどうだ。あいにくだが湯のけえりだ、と云って為吉は濡《ぬ》れた手拭《てぬぐい》をみせ、自分の家のほうへ走っていった。

定次郎が銭湯から帰ると、一と間っきりの六帖《じょう》に行燈《あんどん》がついており、おはんが七厘《しちりん》で燗《かん》の湯を沸かしていた。彼は縁側へ出ていった。縁側——といっても六尺っきりで、すぐ眼の前に隣り長屋の塀《へい》があり、僅《わず》かな庇間《ひあわい》から宵《よい》の空が覗《のぞ》いているだけであった。彼は濡れ手拭を掛けながら、軒下にさがっている釣忍《つりしのぶ》をみつけ、指でつまんでみて、それが水を含んでいるのを慥《たし》かめた。彼は「ふん」と鼻をならし、戻って来て団扇《うちわ》を持って膳《ぜん》の前に坐《すわ》った。――おはんは肴の皿や燗徳利を運び、やがて、かぶっていた手拭や襷《たすき》を外して、膳の向うに坐った。

針魚の片身は糸づくり、片身は吸物になっていた。うるめは焼いて、ほかに二た品、わかめに浅蜊《あさり》のぬたと、塩昆布《しおこんぶ》の小皿が並べられた。

「ぬるかったらごめんなさい」と云っておはんが酌をした。こんどもまた、乾いたような声であった。

定次郎はひとくち啜《すす》り、「よかろう」と云って、団扇を使いながらおはんを見た。おはんはにっと微笑したが、頬《ほお》のあたりが硬《こわ》ばっていた。

「どうかしたのか」と定次郎が云った。

「ごめんなさい、断わりなしにあんなこと書いてもらったりして」とおはんが云った、「いけなかったかしら」

「魚定か」と彼は云った、「いけなかあねえさ、それを心配していたのか」

おはんは頷き、だがすぐに俯向《うつむ》いて、首を振った。定次郎は訝《いぶか》しそうに、おはんの俯向いた顔を見まもった。

「どうしたんだ、なにかあったのか」

「今日ね、――」と俯向いたままおはんが云った、「あんたの兄さんて人が来たの」

定次郎は「あ」と口をあいた。声は出さなかったが、その口をあいた顔には、恐怖にも近い驚きの色があらわれた。

「おれの、兄貴だって」と彼は吃《ども》った、「ばかなことを云うな、おれに兄貴なんぞが」

「いいえ聞いたわ」おはんは遮った、「日本橋の通り三丁目の越前屋《えちぜんや》っていう呉服屋さんよ、お名前は佐太郎、あんたはその人の弟さんだって云ったわ」

「そいつは大笑いだ」

「いいえ」とおはんは云った、「あんたを見かけた人から聞いて訪ねて来たんだって、定次郎っていう名前だって合ってたわ」

「しっかりしてくれ」と彼は云った、「定次郎なんて名前は掃いて捨てるほどあるぜ、おれにはおやじと弟がいる、赤羽橋《あかばねばし》で魚屋をしているが、勘当されたんで出入りはできねえ、だがもうちっと辛抱すれば家へ帰れる、おやじにも弟にもきっと会わせてやるって、なんども話してあるじゃあないか」

「本当にそうなの」とおはんは眼をあげた、「ほんとうーに」

「おれにゃあ兄貴なんぞありゃあしねえ、人ちげえだ」

「ああよかった」とおはんは胸を押えた、「あたしその人の話を聞いてどうしようかと思ったのよ」

「どんな話を聞いたんだ」

「もういいわ、はい――」とおはんは酌をした、「その人、弟さんに家へ帰ってもらいたいんですって、ずいぶん捜していたらしいから、人違いだとわかったらきっとがっかりすると思うわ」

二

定次郎は「ふん」といって箸《はし》を取った。

「また来るとでも云ってたのか」

「四五日したら来るそうよ」とおはんが云った、「それまで黙っていてくれって、口止めをしていったわ」

「こんど来たらそう云ってやれ、うちは赤羽橋の魚兼《うおかね》の伜《せがれ》でございます、嘘《うそ》だと思ったら魚兼へいって訊《き》いて下さいましって」

「きっとがっかりするわね」とおはんが云った、「やさしい、いいお兄さんのようだったわ」

「飯にしよう」と定次郎が云った、「為公が将棋をさしに来るんだ」

「あらいやだ、また将棋、——」

「そう云うな、三番きりだ」

そして彼は、盃《さかずき》を伏せた。

二人が食事にかかったとき、為吉がやって来た。定次郎が手早く茶漬で片づけるうちに、為吉は縁側のほうへ将棋盤を出した。三寸厚みの楠《くすのき》の板へ、為吉が経緯《たてよこ》を彫って漆《うるし》で埋めた、手作りながら凝った盤である。——二人が駒を並べはじめると、おはんが立って来て、縁側へ蚊遣りを置き、二人に団扇を渡して、自分はあと片づけにかかった。

三番という約束が五番になり、泰安寺《たいあんじ》の十時の鐘が鳴ったので、ようやく為吉が駒を置いた。

「これまでにしよう」と為吉は云った、「明日は早くから仕事があるんだ」

「おめえでも仕事をするのか」

「米櫃《こめびつ》がせっつくからな」と為吉は大きく伸びをしながら云った、「おはんさん、済まねえが茶を一杯くんな」

おはんが「はい」といって、いそいそと立った。

為吉が帰るとまもなく、定次郎が戸閉りに立ち、縁側から、「まだ釣忍を捨てねえんだな」と云った。おはんは寝床を敷きながら、「芽が出そうなのよ」と答えた。嘘うつけ、枯れちまったものに芽が出るか。あらほんとよ、ひるま見てごらんなさい、小さな芽のようなものが出ているから。どっちでもいいが、欲しかったら買えばいいじゃないか。だって惜しいのよ、とおはんが云った。ここへ世帯《しょたい》を持ったときに買ったんだし、あたしはきっと芽が出るとにらんでるんだもの。へえ、——にらんでますかね、それじゃあ御眼力を拝見するとしよう、と定次郎は云った。

戸閉りを済ませ、寝衣《ねまき》に着替えていると、おはんが寄って来て、「聞いてごらんなさい」と隣りのほうを指さした。

「なんだ」と定次郎はおはんを見た。

「しんとしてるでしょ」とおはんは囁《ささや》いた、「このごろいつもこうなのよ」

「なにが」

「こっちで寝床を敷くと、きまってしいんとなるの」とおはんは囁いた、「今夜もついままで物音がしていたんだけれど、あたしが寝床を敷いたらぱったり音がしなくなったのよ」

「それがどうしたんだ」

「あらいやだ、わかってるじゃないの」とおはんは定次郎の耳に口をよせた、「――き、い、て、る、のよ」

定次郎はおはんをにらんだ。

「ばか」と彼は云った、「そんなところへ気をまわすやつがあるか」

「だってほんとなんだもの」とおはんは囁いた、「でもいいわよ、聞きたいんなら聞かしてやるから、あたしそんな遠慮なんかしやあしないんだから」

「よしてくれ」と彼は云った、「こっちで願いさげだ」

定次郎は蚊屋《かや》の中へはいった。

そっちの壁ひとえ隣りには、後家のおみやが独りで住んでいる。夕方ちょっと見た、むくんだような顔の、濃い白粉と、油で光っていた髪とが眼にうかび、定次郎は胸が悪くなるように思って、反対がわへ寝返りをうった。

明くる朝、――彼がすっかり支度をして、草鞋《わらじ》をはいていると、ようやく外が白みかかってきた。上《あが》り框《がまち》に膝《ひざ》をついていたおはんは、定次郎の顔を見てくすくす笑った。

「なにを笑うんだ」

「河岸《かし》でからかわれてよ」とおはんが云った、「眼のふちに隈《くま》ができてるわ」

「なぐるぞ」と定次郎が云った。

おはんは戸口の外まで送って出た。路次には炊《かし》ぎの煙が濃くただよい、稼ぎに出る人たちの姿がそこ此処《ここ》に見え、そして、どこかで赤児《あかご》の泣く声がたかく聞えた。

なか二日おいた三日めの晩、――

夕飯のあとで定次郎が、「引越しをするぜ」と云いだした。おはんはべつに驚いたようすもなく、「あらどうして」と訊いた。どうしてということもないが、横網《よこあみ》の裏にいい空家があるんだ。あらそう。それに、と定次郎は隣りへ眼をやって、「聞いているなんて云われたんで、寝てっからきみが悪くっていけねえんだ」と云った。

「いい口実ができたわね」とおはんが立ちながら云った、「わけはほかにあるんでしょ」

定次郎はおはんを見た。

おはんは喰べたあとを片づけて、勝手のほうへゆきながら、「また兄さんが来ましたよ」と云った。定次郎の顔がそれとわかるほど硬《こわ》ばった。おはんは勝手で洗いものをしながら、「こんどはすっかり話を聞きました。もうごまかしてもだめよ」と云った。

定次郎が通り三丁目の越前屋の二男であること。兄の佐太郎は二十六歳になり、その生母は早く死んで、後添《のちぞえ》に来た継母が定次郎を産んだこと。兄弟は三つちがいで、ずっと仲良く育ったが、定次郎は十八九のころからぐれ始め、外泊したり、酔って酒乱のように暴れたり、廓《くるわ》から金の無心の使いをよこしたりするようになったこと。それ以来、店の用などはみむきもせず、家にいても朝から酒びたりで、酔うときまって乱暴をし、隙《すき》があれば金を持ち出すという始末で、二十歳《はたち》の冬、ついに親族合議のうえ勘当されたことなど。――しかし兄は弟の乱行《らんぎょう》を信じなかった。なにかわけがあると思った。たとえば、越前屋の相続を兄にさせるために、わざと勘当された、というような。……おそらくそれが本当の理由だろう、と佐太郎はおはんに云ったそうである。

「そんなばかなことがあるか」と定次郎が思わず云った、「あにきは越前屋の総領だ、家を相続するのはどこだって総領にきまってる、弟のおれが勘当されなければならないなんて、そんなへんな理屈があってたまるもんか」

勝手がふいにしんとなった。水を使う音や器物の触れあう音が停《とま》って、それから、おはんがこっちへ来た。前掛で手を拭《ふ》きながらこっちへ来て、定次郎の前へ坐り、ひきつったような眼で彼をみつめながら、「やっぱり本当だったのね」と云った。

「赤羽橋の魚屋の伜だなんて云って、本当はやっぱり越前屋さんの息子だったのね」

「おめえには関係のねえこった」
「あたしが芸妓《げいぎ》だったから」とおはんが云った、「あたしが門前町なんかの芸妓だからでしょ」

三

「だからどうしたってんだ」
「あたしの素性が素性だから、欲でもだしゃあしないかと思って隠したんでしょ」
「おれがそんな人間だと思うのか」
「あんたは隠してたわ」
「おめえには関係のねえこったからだ」と定次郎は云った、「おれは角帯に前掛で、客におせじ笑いなんぞのできる性分じゃあねえ、たとえぼてふりでも魚屋というしょうばいが好きなんだ、おれにゃあこいつが性に合ってるんだ、二年も夫婦でいるんだから、おめえにもそのくらいのことはわかってる筈《はず》だ」
「それじゃあ、本当にお店《たな》へ帰る気はないんですか」
「念にゃあ及ばねえ、だからこそ引越しをしようと云《い》ってるんじゃないか」
「待ってよ」とおはんが云った、「越前屋の兄さんはあさってまた来るの、あたしそれまで黙ってるって約束したのよ」

「そんなことを気にするな」

「だってこのまえも約束をやぶっちゃったし、こんどこそ大丈夫ですって云ったんだもの」とおはんは云った、「それに、本当にあんたがそのつもりなら、会って話して、ちゃんとわかってもらうほうがいいじゃないの」

「あにきはおふくろだの義理だのと並べたてるだろう、おれは口べただだからかなやしねえ、口じゃあかなわねえから引越すほうがいいんだ」

「だってそれじゃあ義理が悪いわ」

「おめえまでが義理か」と定次郎は吐きだすように云った、「よしてくれ、おらあ義理に縛られるっくれえ嫌《きれ》えなことはねえんだ、おめえがいやなら独りで引越しちまうぜ」

おはんは溜息《ためいき》をつき、「そんならいいわ」と云った。それほどいやならそうしましょう、でもすぐに引越してゆけるんですか。うん、手金も打って来た、と定次郎が云った。あにきが四五日うちに来るというから、半日しょうばいを休んで捜したんだ、天気がちょっとおかしいが、降らなかったら明日《あした》やっちまおう。まあ、とおはんが云った、「まるでお膝もとが火事みたいな話ね」

なにが、と定次郎は妙な顔をした。おはんはしたり顔で、だって急にばたばたすることをそう云うじゃないの、と云った。

「ばかだな」と定次郎は笑った、「それは足もとから鳥が立つようだというんだ」

「それを洒落《しゃれ》てみたのよ」

「洒落たもんか、まるっきり譬《たと》えが違わあ」

「あらいやだ、なにが違うの」

「坐《すわ》ってるそこんとこが割れて」と定次郎はおはんの膝の先を指さした、「下の赤いものが覗《のぞ》いてることをいうんだ、おめえが教えたんだぜ」

「あらほんと」とおはんはきまり悪そうに赤くなり、自分の膝の、崩れている裾前《すそまえ》を直しながら云った、「じゃあ、あたしはお膝もとが滝だったわね」

「ばかだな」と定次郎が云った、「水色の滝っていうのがあるかい」

じゃあなんていったらいいの。なんともいやあしねえさ。嘘、あんたあたしが学問がないと思ってばかにしてるんでしょ。よさねえか、こんなことは学問たあ縁のねえはなしだ、今日は空家捜しでくたびれた、おらあもう寝るぜ、と定次郎は横になった。

夜なかから雨になったらしい、明くる朝はかなり強い降りで、なかなかあがりそうもない空もようだった。

おそい朝飯を済ませて、「荷造りでもしておくか」と云っているところへ、為吉が将棋をさしに来た。徹夜で仕事をしたが、眼が冴《さ》えてしまって眠れないのだという。二三番つきあってくれ。よかろう、お別れ将棋だからな、みっちり揉《も》んでやるぜ。お別れだって。うん、横網のほうへ引越すんだ。横網って本所の横網か。そうだ。へえ—小石川から本所とはひどく高飛びだな。おめえの桂馬《けいま》みてえだ。よしゃあがれ、——などと云いながら、二人は盤に向って坐った。

午《ひる》ちょっと前に為吉は帰った。

一杯つけるからと云ったが、為吉は人の家では決して飲み食いをしない、「おれの酒はわがままだから」というのが口癖であった。彼が帰ったあと、定次郎とおはんは家財道具を片づけにかかった。貧乏世帯のことだから、荷造りなどというほどのものはない、一刻《とき》ばかりですっかり済ませ、二人で銭湯へいって来て、飯にした。

それから定次郎は差配《さはい》へゆき、差配から町役へまわった。移転の件と、人別《にんべつ》を移す届けである。雨はやや小降りになり、どうやら天気は恢復《かいふく》するのだろう、水戸さまの屋敷の、森の濃緑色が、ぼうと明るく霞立《かすみだ》つようにみえた。——家へ帰って、戸口をはいろうとすると、おはんが顔を出して、「兄さんよ」と囁いた。なるほど、土間に傘と足駄《あしだ》があった。

「黙ってろ」と彼は囁いた。

定次郎はそのまま引返そうとした。するとおはんのうしろから「なぜ逃げるんだ」と云って、佐太郎が顔をみせた。定次郎は振返って、「うん」と不決断に眼をそらし、逃げやしねえさと云いながら、家の中へはいった。

佐太郎は二十六という年より老《ふ》けてみえるが、色の白い、おもながの、ひき立った眼鼻だちで、癇癖《かんぺき》の強いのを辛抱づよく抑えている、といったふうな性分が感じられた。紬縞《つむぎじま》の単衣《ひとえ》に小倉《こくら》の角帯、紺色羅紗《らしゃ》の前掛をきちんと緊《し》め、白足袋をはいていた。

——定次郎のほうは日にやけているうえに、骨太で逞《たくま》しく、眉《まゆ》のあたりに（きかぬ気性らしい）似たところはあるが、ほかには殆《ほと》んど共通点はないし、浴衣《ゆかた》に三尺で、あぐらをかいた恰好《かっこう》は、かしこまっている兄の姿と、極めて対蹠《たいしょ》的にみえた。

おはんが茶を淹《い》れかえているうちに、佐太郎はもう話し始めていた。家へ帰ってくれ、というのである。定次郎はその話はごめんだと首を振り、「まっぴらだ」と云った。

「それでは済まないんだ」と佐太郎はゆっくり云った、「私はおまえの気持を知っている、おっ母《か》さんにも、親類じゅうにもよく話した、みんなもうわかってるんだから帰ってくれ」

「おれの気持を知ってるって」

「おまえが道楽を始めたのは、私が暖簾《のれん》を分けて、べつに店を出そうと云いだしてからだ」

「おらあそんなこたあ知らねえ」

「私はおっ母さんに相談した」と佐太郎は云った、「私はこの商売が好きだし、自分で云ってはおかしいが腕に自信もある、親譲りの店を守っているより、自分の腕で三丁目に負けない店を仕上げてみたい、——私はおっ母さんにこう相談したし、おまえにはおっ母さんから話があった筈だ」

　おはんが二人の前へ茶をすすめた、定次郎は顔をそむけて、「おらあそんな話は聞きもしなかった」と云った。それならそれでもいい、と穏やかに受けて、佐太郎は静かに茶を啜《すす》った。

## 四

「聞かなければ聞かないでもいいが」と佐太郎は続けた、「それじゃあ、家を出てから急に道楽が止《とま》ったのはどういうわけだ、あれほど手に負えなかった道楽が、ぴたりと嘘《うそ》のように止って、——これはおはんさんや長屋の人たちに聞いたんだが、夏冬なしによく稼ぐし、酒は晩飯に一本、つきあいでも五合とは飲まないというじゃないか」
「そんなら、もっと道楽をしていればいいとでもいうのか」と定次郎が云った、「――へっ道楽なんてものは飽きればやむものと、昔から相場がきまってらあ」
「それもそうとしよう」と佐太郎は頷《うなず》いた、「相場どおりでも道楽が止ってまじめになれば、勘当なんというものもしぜんと消えるし、家へ帰ってもいい筈だ」
「おれはまっぴらだ、おれはいまのしょうばいが性に合ってる、堅苦しい商人なんかまっぴらごめんだ」
「つまり、自分さえよければいいのか」と佐太郎が静かに云った、「おっ母さんの気持や、私の辛《つら》い立場などは構わない、自分の好きなように生きるためには、はたの者が泣こうと慨《なげ》こうと知ったことではないというのか」
「はたの者が泣くって」
「死んだお父《とっ》つぁんのことは云わない、だがおっ母さんは、おまえが出ていってから一日として泣かない日はなかった、私はまる二年以上も、毎日そばでそれを見ていたし、親類じゅうでも知らない者はありゃしない、――ことに、おまえが道楽を始めたわけを話し、家を出たあと、まじめに稼いでいるとわかってからは、一日も早く帰って来るようにって、みんなが待ちに待っているんだ」と佐太郎はなだめるように云った、「——定次郎、たのむよ、ともかくもいちど帰っておくれ」
「あたしからもたのむわ」とおはんが定次郎のうしろで云った、「兄さんの仰《おっ》しゃるのが本当よ、おっ母さんが泣いて待ってらっしゃるんですもの、あんたにはあんたの考えがおありだろうけれど、ここはどうしたってお帰りにならなければいけないと思うわ」
「おまえまでがそんなことを云うのか」と定次郎はふり返った、「おれが家へ帰るということは、二人が夫婦わかれをすることなんだぞ」
「いやそんなことはない」と佐太郎が強く遮った、「このまますぐというわけにはいかないが、親類のどこかへ預かってもらって、おそくとも一年ぐらいうちには」
「冗談じゃあねえ」と定次郎は首を振った、「あにきはそのつもりかもしれねえが、おらあおふくろの気性を知ってる、おはんのような女を、おふくろが家へ入れるか入れねえか、そんなことは考えてみるまでもねえこった」
「それだってもいいわ」とおはんが云った、「あたし二年も可愛《かわい》がってもらったんだもの、そうするのがみなさんのためになるなら、あたし身をひいてもいいことよ」
「おめえ、——夫婦わかれをしてもいいっていうのか」

「そうじゃないけど、でもそうするほうがみなさんのためだしあんたのためなんだから、もしもあんたが帰らなければ誰よりもおっ母さんに申し訳がないし、あたしの罪になるわ」

「定次郎――」と佐太郎が云った、「私は約束したことは必ず守る、時期さえ少し待ってくれれば、きっと二人をいっしょにしてみせる、きっとだ、定次郎」

「お願いよあんた、帰ってちょうだい」

定次郎は眼をつむった。額に皺《しわ》がより、唇《くちびる》がすぼまった。彼は眼をつむったまま、「帰るとすればいつだ」と云った。佐太郎は「ああ」と緊張から解放されたように、太《と》息《いき》をついておはんを見、そして弟に答えた。

「明日の夕方、親類が家へ集まることになっている、時刻は六時だから、おまえは少しおくれて来るほうがいいだろう」

「すっかりお膳立《ぜんだ》てができてるんだな」

「おっ母さんの喜ぶ顔が見えるようだ」と佐太郎は云った、「おはんさん有難うよ、――いずれあとのことを相談に来るから、引越しは延ばして、もう暫《しばら》く此処《ここ》にいておくれ」

おはんは微笑しながら頷いた。声が喉《のど》に詰って出ないらしい、微笑もみじめに硬《こわ》ばっていたが、思いついたように「あら、すっかり暗くなったのね」と云いながら、行《あん》燈《どん》をつけるために立ちあがった。

佐太郎は冷えてしまった茶を飲みほし、もういちどおはんに礼を述べて、座を立った。

弟には「では明日、——」と云っただけで、べつに念は押さなかった。定次郎は仰向けに寝ころんで、兄を送りだすおはんの声を聞いていた。——佐太郎が去るとすぐ、おはんは蚊《か》遣《や》りを焚《た》き、それを定次郎の脇《わき》に置いてから、「買い物をして来るわ」と云って出ていった。

その夜、おはんはうきうきしていた。暫くのお別れだからというので、手料理のほかに鰻《うなぎ》を取り、酒も三本つけて、「今夜はあたしも頂くわ」などとはしゃいでみせた。自分では相当うまくやっているつもりらしいが、なにもかもへたくそで、ちょっと指の尖《さき》でどこかを突かれても、声をあげて泣き崩れるだろうということがあからさまにうかがわれた。定次郎はあまり口をきかず、「もう飯にして寄席《よせ》へでもいこう」と云ったが、おはんは首を振った。今夜は二人でゆっくり話しましょう、考えてみると、二年いっしょに暮して来て、しんみり二人っきりで話したっていうことがないじゃないの、とおはんは云った。もう少し飲んでちょうだいな。いや、もうたくさんだ。そんならあたしが飲むわ、お酌してちょうだい。苦しくなるぜ。だいじょうぶよ、こうみえても門前町にいたじぶんには、酒が強いほうじゃ負けなかったんだから、ああそうそう、あんたあたしとああなったとき、初めてだって云ったわね。よしてくれ。あんたはまごまごしたわ、馴《な》れてるって顔をしながら、どこがどうなっているかも知らないですっかりあがってたじゃないの。酒がこぼれるぜ。こぼれるのは酒ばかりじゃないことよ、あんた。よせ、隣りへ筒抜けだぞ。いいわよ、お酌——あたしあんたが初めてだって白状するのを聞いて、いとしさのあまり泣けてきそうだった、まえからなにかわけのある人だと思っていたのよ、あんたは道楽をして勘当されてるって云ってたけれど、勘当されるほど道楽者のようにはみえなかったわ、なにかほかにわけがあるんだなって思っていたら、そうよ、あれは夫婦約束をした晩だったわね、よく訊《き》いてみたら初めてだって白状したわ、勘当されるほどの者がおんなのからだを知らないなんて、……やっぱりわけがあるんだなって思ったら、あたし悲しくっていとしくって。おい、と定次郎が遮った。もうたくさんだ、飯にしてくれ。待ってよ、お別れじゃないの、まだここに一本残ってるのよ。そんならその話はよせ。いいわ、それじゃこんどは、あたしが白状するわ、とおはんが云った。

「あたし一つだけあんたに嘘を云ってたのよ」

定次郎はおはんの顔を見た。

「あたし、佃島《つくだじま》の漁師の子だって云ったわね」とおはんが云った、「それから、両親に死なれて、きょうだいもないし、つきあう親類もないって、――あれ嘘だったのよ」

定次郎は眼をそらした。

## 五

「本当はあたし松廼屋《まつのや》の娘だったの」とおはんは続けた、「かあさんと呼んでいたのが本当の親で、むかし柳橋《やなぎばし》で松助《まつすけ》といえば、踊りでは誰にも負けない売れっ妓《こ》だったそうよ、いまだって門前町では相当にやってるし、あたしが帰っても一年や二年は平気で遊ばせておいてくれるわ」

「わかった」と定次郎が云った、「そして一年か二年うちには、おれといっしょになれるというんだろう、ふん、いい気なもんだ」

おはんは定次郎を見た。

「あにきもいい気なもんだし、おめえもいい気なもんだ」と彼は脇へ向いたまま云《い》った、「もういちど断わっておくが、どう間違ったっておふくろは承知しやあしねえぜ、おれにゃあわかってるんだ、だから松廼屋の娘だなんて、いまさら嘘を云ったところで始まりゃあしねえ、おれはそんなことをまに受けて、安心したような顔のできる人間じゃあねえんだ」

「いいわよ、そんならそうしときなさい」とおはんは顔をそむけた、「本当のことは自分だけしかわからないっていうんでしょ、えらいわよ、あんたはえらいことよ」

「えらかあないさ、おれはただ傷の痛さを知っているだけだ」と定次郎は云った、「自分の傷が痛いから、人の傷の痛さもわかるんだ、それだけのこった」

おはんは片手を畳へついて、がくっと頭を垂れた。それから、「あたし酔っちまったわ」と口の中で云い、崩れるように横になった。定次郎は蚊遣りの煙がおはんのほうへゆくように置き直し、団扇《うちわ》でそっと風を送った。

「苦しいんだろう、水を飲むか」

「だいじょぶよ、ちょっとこうしていればいいの」とおはんが喉声で云った、「ごめんなさいね、あんた」

定次郎は答えなかった。おはんはこちらへ背を向けていたが、やがて、「こっちへ来て」と囁《ささや》いた。定次郎は立っていって、「なんだ」と覗《のぞ》いた。おはんは袂《たもと》で顔を隠したまま、片方の手を出した。定次郎はその手を握りながら坐《すわ》った。するとおはんはもう一方の手を彼の肩にかけ、びっくりするほどの力でひきよせながら、「抱いて」と云った。定次郎が抱くと、おはんは身を揉《も》んで緊《し》めつけ、頬《ほお》ずりをしながら泣きだした。

「おまえが帰れと云ったんだぞ」と定次郎が囁いた、「おれじゃあねえぞ」

「これでいいの、もっときつく抱いて」とおはんは咽《むせ》びあげながら身をもだえて、「もっときつく、ええ、これでいいの、辛くって泣くんじゃないのよ、二年も可愛がってもらって、うれしいからよ、あんた」

定次郎は唇でおはんのそれを塞《ふさ》いだ。

雨の音が絶え、裏のほうで虫の鳴くのが聞え始めた。まもなくどぶ板を踏む足音が近づき、戸口の外で「定さん、うちか」と、為吉の呼ぶ声がした。おはんは（すばやく）両手で定次郎の頭を抱え、唇で彼のそれを力いっぱい塞いで、返辞のできないようにした。足音が戸口をはなれ、表のほうへゆきかかると、ひっそりしていた隣りで障子があき、後家のおみやが「定さん、いらっしゃるでしょ」と云うのが聞えた。いままで声がしていましたよ、呼んでごらんなさいな。ええなに、と為吉が云った、「用じゃねえんだ、またあとで寄りますよ」そして、足音は通りのほうへ去っていった。

明くる朝、まだ暗いうちに定次郎は起きて、「河岸《かし》へゆくから支度をしてくれ」と云った。二年のあいだひいきになった客先へ、黙ってよすわけにはいかない。稼ぎがてら挨拶《あいさつ》にまわって来る、というのであった。おはんはまだうとうとしていたが、定次郎の云うことを聞くと、すぐ元気に起きあがった。

定次郎が総後架《そうこうか》へゆき、顔を洗って戻ると、おはんは竈《かまど》を焚きつけていた。彼は裏の雨戸をあけ、濡《ぬ》れた手拭《てぬぐい》を掛けようとして、ふと眼をそばめた。——軒からさがっている釣忍《つりしのぶ》に芽が出ているのである、弱そうな小さな芽が三つ。一つはまだ巻いているが、他《ほか》の二つは浅緑の葉をひらいていた。

「ほう」と彼は呟《つぶや》いた、「枯れてはいなかったんだな」

そして「おはん」と呼んだが、思い返したようすで、あとは云わずに六帖《じょう》へ戻った。勝手からおはんが覗いて、「なにか云って」と訊いた。定次郎は「あとでいいんだ」と首を振った。晩に着てゆく物のことなんだが、まさか浴衣《ゆかた》でもいけねえだろう。縮《ちぢみ》の千筋《せんすじ》があるじゃないの、まだ二三度っきゃ手をとおさないからあれがいいわよ。そうか、あれがあったのか、と定次郎が云った。

「あたしが鳴海《なるみ》絞《しぼ》り、あんたがあの縮で」とおはんが云った、「いっしょに葺屋町《ふきやちょう》へいったわね」

「森田座だったろう、猿若町《さるわかちょう》だ」と定次郎が云った、「あの年から町名が猿若町と変ったんだ、――ひどくいぶるぜ」

彼は咳《せき》をしながら顔をそむけた。「あらごめんなさい」と云って、おはんは慌《あわ》てて障子を閉めた。彼は咳をしながら、すばやく眼を拭《ふ》いた。

定次郎はいつもの時刻にでかけてゆき、いつもより少しおそく帰って来た。待ちかねていたおはんは、「すぐに湯へいってらっしゃい」とせきたてた。荷はあたしが洗うわ、もうそろそろ五時になってよ。いいさ、おれはおくれてゆく約束なんだ、と定次郎は云った。しょうばい道具だけは自分で洗うよ、そう云って、彼は盤台を井戸端へ運んでいった。――それから湯へいって、戻ると、おはんが膳立《ぜんだ》てをして待っていた。おはんは髪を結い、化粧をして、(その朝の話に出た)鳴海絞りの単衣《ひとえ》に着替えていた。

定次郎はちょっと眼をみはったが、なにも云わずに手拭を掛けにゆき、芽の出ている釣忍をもういちど眺めた。

「断わっておくが」と定次郎は膳の前へ坐りながら云った、「気障《きざ》なことはひと言も云いっこなしだぜ」

「そうよ」とおはんは微笑した、「これでもあたしだって江戸《えど》っ児《こ》ですからね」

「よかろう、じゃあ盃《さかずき》はおめえからだ」

「あらいやだ、それは祝言《しゅうげん》のときにする順よ」

「取れよ」と定次郎は燗徳利《かんどくり》を持ちながら云った、「おんなじこった」

おはんは盃を取って「頂くわ」と云い、眼を伏せながら酌をしてもらった。

一合の酒を二人で飲み、軽く食事をした。どちらも「別れ」のことには口を触れなかったし、おはんはいつもより陰気でもなく、眼立つほどはしゃぎもしなかった。ただ、食事が終って、定次郎が身支度にかかったとき、「送っていってもいいでしょ」と訊いた。

「いいけれども」と定次郎はおはんの顔を見ずに云った、「少し遠すぎるぜ」

「だってどうせ駕籠《かご》でしょ、お店《たな》の近くまで送って、駕籠で帰ればだいじょぶよ」

「ですか」と彼は云った、「いいでしょう」

おはんは「うれしい」と云って、うしろから定次郎に抱きついた。

六

二人は通り三丁目の角で別れた。

おはんは自分の駕籠を待たせておいて、店の近くまでいっしょに来た。越前屋は箔屋町《やちよう》の角にあり、店は土蔵造りで間口七間、店蔵が三棟《むね》あって、そのうしろが住居になっており、奥蔵が二棟あった。日が昏《く》れたばかりで、往来は人どおりが賑《にぎ》やかだが、その辺は大きな商家が多く、たいていは大戸をおろしていた。——定次郎は曲り角で立停《たちどま》り、おはんのほうは見ずに、「じゃあ」と云った。

「ええ」とおはんが頷いた、「いいわ、いってちょうだい」

「すぐ帰るんだぜ」

「心配しないで、あたしはだいじょうぶよ」とおはんが云った、「いってちょうだい」

定次郎ははなれていった。

彼はいちども振返らなかった。横丁に面して、住居の出入り口がある。住居のほうだけ塀《へい》をまわし、門から格子口《こうしぐち》まで、ひと跨《また》ぎではあるが、植込にも、敷石にも、涼しげに水が打ってあった。

玄関へ出てきたのは若い女中で、定次郎の知らない顔だった。彼は兄を呼んでもらった。佐太郎はとんで来て、「よく来た」と云った。さあ、おっ母さんの部屋へいこう。いや、それはあとにしてくれ、と定次郎は首を振った。

「あとにするって、——」と佐太郎は不審そうに弟を見た、「どうしてあとにするんだ」

「みんなの前でいちど会ってからにしたいんだ」

佐太郎は弟の顔をじっとみつめた。

「そうか」と佐太郎は頷《うなず》いた、「勘当は親類合議のうえだからな、いいだろう、ではすぐ着替えをしよう」

「それもあとにしてもらうよ」

「だってその恰好《かっこう》ではあんまりだよ」

「そうだろうが」と定次郎は兄を見た。紋付の帷子《かたびら》に袴《はかま》をはいた、兄の姿を見て云った、「――おれはまだ勘当が許されてないんだし、それにこいつは、おはんが拵《こしら》えてくれたものなんだ」

佐太郎は口をつぐんだ。

「わかった」とすぐに佐太郎は頷いた、「それも却《かえ》っていいかもしれない、では二階へゆこう、――堅苦しくなるといけないと思って、みなさんには始めてもらっているからね」

定次郎は「うん」といった。

二階の十帖《じょう》では酒が始まっていた。席の上下をなくすために、床間の前に屏風《びょうぶ》を立て、親類の人たち七人と母のおみちが並び、端のほうに佐太郎と定次郎の席があった。

――店内で「白銀町《しろがねちょう》さん」と呼ばれる、糸綿卸商の仁兵衛《にへえ》が年嵩《としかさ》の五十七。次が槙町《まきちょう》の扇屋善兵衛。定次郎には「白銀町」と「扇屋」の二人が昔から苦手で、たった一人だけ好きな、小伝馬町《こでんまちょう》の「村田」という木綿問屋では、肝心のあるじ徳蔵でなく息子の平吉が来ていた。

おみちは二年あまりのうちにひどく肥えて、胸も腰もはち切れそうに肉づいているし、ふくらんだ頰は（酒を飲んだためもあろうが）赤く、定次郎には人違いをしたかと思うほど変ってみえた。

佐太郎は弟と二人で下座に坐り、みんなが鎮《しず》まるのを待って挨拶《あいさつ》をした。かなり諄《くど》いもので、「御親類のみなさんのおかげで」という言葉が合の手のように入り、定次郎がどんなにまじめに稼いでいたかという事実や、もう店を任せても大丈夫だし、これなら自分が「暖簾《のれん》を分けて」出ても安心だ、ということを、佐太郎らしく誠実な口ぶりでゆっくりと述べた。——定次郎は神妙に頭を垂れていた。彼は兄の云うことも殆《ほと》んど聞かなかったし、並んでいる人たちを見もしなかった。母親にさえ眼を向けずに、いかにも神妙に、黙ってうなだれていた。

佐太郎の挨拶が済むと、「年役だから」と断わって、白銀町が口を切り、佐太郎から詳しい話を聞いたので、親類合議のうえ「勘当を解く」こと、なお今後の辛抱が大切であることなどを述べ、「ではまずおっ母さんから盃をあげて下さい」とおみちに云った。

定次郎は母の前へいって坐り、母から盃をもらった。佐太郎が銚子《ちょうし》で給仕をした。

「よく帰っておくれだった」とおみちは指で眼を押え、口の中で呟《つぶや》くように云った、

「よかったね、定さん、あたしうれしいよ」

定次郎は黙って飲み、黙っておじぎをした。佐太郎がそばから「こんどは白銀町さんだ」と囁いた。定次郎はもういちど低頭して立ち、仁兵衛の前へいって坐った。この糸綿卸商はわけ知りぶるのが好きで、口では酸《す》いも甘いも嚙《か》みわけたようなことを云うが、じつは底なしの吝嗇《りんしょく》と我《が》の強いことで、親類じゅうから疎《うと》まれていた。——いまも定次郎に盃を取らせながら、「若いうちの道楽はあとの薬になる」とか、「いちどぐらい勘当されるようでなくては芯《しん》から堅くはなれない」とか、しきりに調子のいいことを並べ、いやおめでとう、これで本家も大盤石《だいばんじゃく》だ、などと云った。

定次郎は口をきかなかった。ただ頭をさげ、盃を受け、それを飲んで相手の云うことを聞き、また黙って頭をさげるだけであった。こうしてすっかりまわってから、兄と並んで自分の席に坐った。

「こんなめでたい晩はない、今夜はひとつ無礼講といきましょう」と仁兵衛が云った、「定さんも飲んで下さい、久しぶりで飲みっぷりのいいところを見せてもらいましょ

う」

すると待っていたように、みんなが賑やかに饒舌《しゃべ》りだし、「村田」の平吉が定次郎の前へ来て、一つ頂きましょう、と盃を求めた。定次郎は自分の膳にある盃を取って渡し、酌をしてやったが、返盃は拒んだ。

「私は勘弁して下さい」と彼は云った、「酒で勘当までされたし、このごろはずっと飲んでいないんですから」

「いやそれはいけない」と白銀町の仁兵衛がその席から云った、「今夜はめでたい晩だし、定さんの祝いなんだから、定さんが飲んでくれなければみんなも飲めませんよ、今夜だけは憚《はばか》りだが年役のあたしが許します、いいから飲みっぷりのいいところを見せて下さい」

「では私がひとつ」と扇屋が立ちあがった、「私がひとつ、すすめ役になりますからな」

そして燗徳利を持ってこっちへ来た。

定次郎が渋ると、みんなはよけいに飲ませたがった。兄の顔を見ると兄も頷いたので、やむを得ず少しずつ飲んだ。客は次つぎに立って来て、彼に盃を求め、返盃をする。——いよいよ佐太郎が分家をし、定次郎が越前屋の主人に直るのだ、ということが、一人ひとりの言葉や態度にあらわれていた。

# 七

ひかえめに飲んでいたと思ううちに、気がついてみると、定次郎は椀《わん》の蓋《ふた》を持っていた。佐太郎ははっとして、彼の膝《ひざ》を小突いた。

「定次郎」と佐太郎は囁《ささや》いた、「それでは大きすぎる、盃にしないか」

「いいさ」と彼は云った、「白銀町のお許しがでたんだ、年役の白銀町さんが、飲めって仰《おっ》しゃるんだから、飲むよ」

「大事な晩だからね」と佐太郎はまた囁いた、「酔われると私が困るよ」

「大丈夫、そのくらいのことは心得てるさ」と彼は答えた、「心配しなくっても大丈夫だよ」

定次郎の前へは代る代る客が来て坐った。彼はきげんよく盃を交換し、自分は椀の蓋で飲んだ。しかしいかにもしっかりしているので、佐太郎は白銀町の相手をしようと、自分の席から立ちあがった。すると定次郎が、「あにき、逃げるのか」と云った。佐太郎は吃驚《びっくり》して振返った。定次郎の顔は蒼《あお》くなっていた。

「もうよせ」と佐太郎が囁いた、「おまえ酔ったぞ、定次郎」

そこへおみちも立って来た。向うではらはらしていたらしい、前へやって来て、「定さん、もうおよしな」と云《い》った。定次郎は顔をそむけ、母親に向って手を振った。「うるせえ、あっちへいってくれ」と彼はあらあらしくどなった、「おらあおふくろは大嫌いだ、顔を見るのもいやだ」

「定次郎」と佐太郎が制止した。

「おめえも嫌いだ」と定次郎はどなった、「あにきも大嫌いだ、いいからおめえもあっちへいってくれ」

声が高いので、みんな話をやめてこちらを見た。定次郎は手を伸ばし、まわりの膳から燗徳利を集めて、それらを汁椀へ注《つ》ぎ、続けさまに二杯も呷《あお》った。

「定さん」とおみちが云った、「お願いだからやめておくれ」

「だって、おふくろのためだぜ」と定次郎は云った、「おめえの血肉を分けた伜《せがれ》が、越前屋のあととりになるんだ、その祝いに飲むんだから飲ましてくれ、――それから、あにき」と彼は佐太郎に振返った、「おめえだって男をあげるんだ、今夜はおめえにもめでてえ晩だからな、おらあ飲むぜ」

「いけない、おまえ酔いすぎたぞ」と佐太郎が云った、「もうそれでよして、少し横にならないか」

「おれを黙らせるつもりか」

「定次郎」と佐太郎が云った。

「おれを黙らせようってのか、そうはいかねえぞ」定次郎はあぐらをかいた、

「今夜の祝いはおふくろとあにきのもんだ、おれのじゃあねえ、白銀町さん、村田の平さん、扇屋さんもそのほか親類のみなさんにも云いてえ、――おふくろは自分の腹をいためた伜に、この越前屋を継がせたかった。それがそのとおりになったんだから、嬉《うれ》しいだろう、また、あにきは生《な》さぬ仲の弟に店を譲って、自分は暖簾を分けて一本立ちになる、こいつもきれいなやりかただ、さすがは若旦那《わかだんな》だと褒《ほ》められて、あっぱれ男をあげるだろう」

「だがおれは」と彼はまた汁椀で叩った、「このおれはどうなる、――おふくろが実の親だから、長男を追い出して越前屋のあととりに坐りこんだ、あにきの財産を横領した、……世間ではそう云うぜ、世間ってやつはそういうもんだし、こいつは一生ついてまわるんだ、ふん、てめえの子に越前屋を継がせるおふくろは本望だろう、あにきも男をあげていい心持さ、だが、義理を知らねえやつだと一生いわれるおれはどうなんだ、一生涯、恥知らずだといわれるおれのことを、ただの一人でも、一遍でも考えてくれた者があるか」

仁兵衛が「定さん」と云いかけた。定次郎は「うるせえ」と喚《わめ》き、前にあった自分の膳を、足で蹴《け》った。

皿小《さらこ》鉢《ばち》が破《わ》れ、肴《さかな》がとんだ。定次郎は持っている汁椀をつき出して、「酒がねえぞ、酒を持って来い」と叫んだ。

「おふくろとあにきの祝いだ、おふくろとあにきを祝って飲むんだ、酒を持って来い」

「こいつ」と佐太郎が云った。

佐太郎は弟にとびかかった。弟を押し倒して、押えつけて、拳《こぶし》で二つ三つ殴った。

それから強引にひき起して「出ていってくれ」と叫び、おみちの前へ手をついた。

「おっ母さん」と佐太郎は云った、「おっ母さんには済みませんが、定は私から改めて勘当します」

「それはあたしの云うことですよ」とおみちがふるえながら云った、「あんな子はあたしの子じゃあありません、あたしがたったいま勘当します、みなさんも聞いて下さいまし、——あたしは定次郎とは縁を切りました、もう親でも子でもありませんから」

どうぞそのつもりで、と云いかけて、おみちは袖《そで》で顔を押えながら泣きだした。定次郎は軀《からだ》をふらふらさせ、まっ蒼《さお》になった顔で、脣《くちびる》を歪《ゆが》めてせせら笑いをした。

「出ていってくれ」と佐太郎が云った、「もうおまえにはあいそが尽きた、すぐにここを出ていってくれ」

「いいとも」と定次郎は立ちあがった、「いいとも、願ったりかなったりだ、へっ」と彼はみんなを眺めまわした、「へっ」と彼は肩をすくめた、「つまらねえ雁首《がんくび》が並んでやがら、――ざまあみやがれ」

彼は障子へよろけかかった。紙がやぶれ、障子の骨が折れた。「あばよ」と喚き、定次郎はふらふらと階段のほうへよろめいていった。

玄関へおりると、若い（定次郎の知らない）女中が追って来て、彼の雪駄《せった》を出した。彼はその女中の肩を叩《たた》き、もういちど「あばよ」と云って玄関を出た。

定次郎が門の外へよろけ出ると、暗がりからとびついた者があった。「あんた」と彼を支え、「どうしたの」と云った。おはんであった。定次郎はびっくりした。ひょいと身を反らせたが、すぐに片手をおはんの肩へまわした。

「喧嘩しちゃったのね」

「おめえ帰らなかったのか」

「あんた喧嘩しちゃったのね」とおはんが云った、「あたしあの、二階のお座敷が静かになるまでと思って、ここで見ていたのよ」

「帰れっていったじゃないか」

「あたし聞いたわ、あんたが怒ってどなる声や、なにか乱暴でもするような音が聞えたわ」とおはんが云った、「どうするのよ、あんた」

「うちへけえるんだ」

「帰るんですって」

「こんどこそ縁が切れた」と彼はひょろひょろ歩きながら云った、「こんどこそおめえとおれで、逃げ隠れをせずに暮せるんだ」

「おまえさん」とおはんは彼にすがりついた、「あたし、――あら危ない」

　定次郎はなにかに躓《つまず》いて、おはんが支えるひまもなく転んだ。おはんもひかれて転びそうになり、それから彼を立たせようとした。

「ちょっと休ませてくれ」

「苦しいのね」とおはんが云った、「あたし駕籠《かご》を呼んで来るわ」

「帳場を知ってるのか」

「あたしのが待たせてあるのよ」おはんは彼の半身を起こした、「ちょっとこうしていてね、すぐそこだから、がまんしてて」

「おはん」と定次郎は呼びとめた、——釣忍《つりしのぶ》に芽が出ていたな、と云おうとしたのだが、首を垂れて手を振った、「よかろう、呼んで来てくれ」

寝ころんじゃだめよと云って、おはんは小走りに通りへ出ていった。

定次郎は足を投げだして地面に坐《すわ》り、垂れたままの首を、ゆらゆらさせた。

「済まねえ」と彼はかすかに、口の中で囁いた、「おっ母さん、あにき、……堪忍《かんにん》してくれ」

まもなく、こっちへ来る駕籠の、棒ばなの提灯《ちょうちん》の火が見えた。

# 神《かん》無《な》月《づき》

宮部みゆき

宮部みゆき（みやべ・みゆき）

一九六〇年、東京生れ。八七年、「我らが隣人の犯罪」でオール讀物推理小説新人賞を受賞。八九年、『魔術はささやく』で日本推理サスペンス大賞を受賞。九二年、『龍は眠る』で日本推理作家協会賞、『本所深川ふしぎ草紙』で吉川英治文学新人賞を受賞。九三年『火車』で山本周五郎賞を受賞。九八年には『理由』で直木賞を受賞した。他の作品に『模倣犯』『孤宿の人』などがある。

# 一

夜も更《ふ》けて、ほの暗い居酒屋の片隅に、岡っ引きがひとり、飴色《あめいろ》の醬油樽《しょうゆだる》に腰を据え、店の親父《おやじ》を相手に酒を飲んでいる。

親父はとうに六十をすぎた小柄な老人で、頭の上に乗っている髷《まげ》は銀糸色、背中もずいぶんと丸くなっている。岡っ引きのほうは三十後半、ようやく親分と呼ばれることが板についてきたという風情《ふぜい》だ。

客が十人も入れば満杯という店だが、この時刻になると、さすがにもう誰もいない。夜明け前には縄のれんの代わりに一膳飯屋《いちぜん》の看板をあげるという店だから、いつもならとっくに店じまいのはずなのだが、ふた月に一度、岡っ引きが店の隅のこの樽に腰を落ち着けに来る夜は、親父もとくに、彼ひとりの長い酒に付き合うことになっている。それがもう何年も続いてきた。

岡っ引きは鮫《さめ》の皮の煮こごりだけを肴《さかな》に、熱い燗酒《かんざけ》を手酌でちびちびとやっていた。染め付けの銚子《ちょうし》がひとつ空くと、親父がすいと手を伸ばし、新しい熱いのを代わりに置く。それが三本目になったら止《と》めてくれというのが、岡っ引きのいつもの注文だった。

ふたりはあまり話をしなかった。岡っ引きは黙々と飲み、親父も静かに洗い物や明日の仕込みにかかっている。時おり包丁の鳴る音がする。黄色味がかった行灯《あんどん》の明かりの下で、湯気がゆらゆら揺れている。

親父の立つ帳場のうしろの壁に、三枚の品書きと並べて、暦が一枚貼《は》ってある。岡っ引きはそれを見上げた。毎日書き換えられる品書きの紙は白いが、正月元旦《がんたん》から今日の日まで、煮炊《にた》きの煙に燻《いぶ》されてきた暦は、薄茶色に染まっている。

暦は俺たちと同じだ、ちゃんと年齢《とし》をくう――岡っ引きはふとそんなことを考えた。

「今年ももう神無月《かんなづき》になったな」

銚子を傾けながら、岡っ引きはぼそりと言い出した。親父は俯《うつむ》いて手を動かしながら、口元にかすかな微笑を刻んでうなずいただけだった。

「神無月だ。嫌な月だよ。親父、覚えてるかい、ちょうど去年の今ごろだったよなあ、俺の話したことを」

親父はまたうなずいた。脇《わき》のざるから葱《ねぎ》を一本取り上げて、それを刻み始めた。

「葱を刻んで何をするんだい」

「納豆汁《なっとうじる》をこさえますんで」

「ああ、そりゃあ有り難い。だがもうそんなに飲んでるかい」

「それが三つ目の銚子ですよ」

葱を刻み終えると、親父は手を洗った。湯がしゅうしゅうと沸いている。銚子の具合を見ながら、親父は言った。

「去年、初めてあの話をしたときも、親分は納豆汁を食って帰りなすった」

「そうだったかな。好物だからな」

岡っ引きはまだ暦を見上げていた。親父もそちらに頭を振り向けた。

「今日は仏滅ですね」

「いい塩梅《あんばい》だ。しんき臭い話をするにはおあつらえむきじゃねえか」

親父はわずかに眉《まゆ》をひそめた。「今年もあったんですかい」

岡っ引きは首を振った。「いいや」

銚子を手に取り、それを傾け杯を満たす。ちょうど空になった。そこで手を止めて、岡っ引きはもう一度首を振った。

「いいや、まだな。まだ起こってねえ。今はまだ」

「そのことに気がついてるのは、親分だけなんですか」

「そうでもねえよ。俺が話したからな。だが、みんな首をひねってる」

岡っ引きは顔をあげ、親父と目をあわせてにやりと笑った。

「それもそうだろうと思うぜ。俺だって、毎年神無月にただ一度だけ押し込みを働いて、あとの一年はなりをひそめている——そんな律儀《りちぎ》な賊はいったいどんな野郎だと、不思議でしょうがねえんだからな」

二

夜も更けて、九尺二間の裏長屋のほの暗い部屋の片隅に、男がひとり、瓦灯《かとう》の明かりひとつを頼りに縫物をしている。

古びてささくれだった畳の上に、清潔なござをしいてある。男はそこに正座をし、がっちりした膝《ひざ》のまわりには、色とりどりの端《は》切《ぎ》れをいくつかちりばめていた。男のすぐ隣では、八つになった小さな娘がひとり、夜着《よぎ》にくるまって穏やかな寝息をたてている。

男が縫っているのは、その小さな娘のための、小さなお手玉だった。男のかたわらには、小豆《あずき》を入れた小ざるがあり、端切れを縫い合わせて小袋ができあがると、男は頑丈そうな手で小豆をすくいあげ、そのなかに入れた。幼い娘の手にちょうどいい重さ大きさになるように気を配り、丁寧にお手玉をこしらえてゆく。昔から手先は器用なほうだったし、生計《たつき》の途《みち》でも針を使う。男の手付きはよどみなくなめらかだった。

娘のためにお手玉を縫うのは、男にとって、年に一度の大切な行事だった。娘はそれを使い、楽しんでよく遊んだ。おとっちゃんのこさえてくれるお手玉は、彼女の大切な宝物だから。赤ん坊のときから身体《からだ》が弱く、ほとんど寝たきりで外に出ることもなく育ってきた娘にとっては、おとっちゃんのお手玉は、唯一《ゆいいつ》無二の楽しみなのだから。

娘は、今でもときどき、油断のならない高い熱に襲われる。かかりつけの医師は親切だが、その温厚な顔を曇らせて、この子は大人にはなれまいと言う。いくつまで育つか、私にもしかとは保証できないと。

(生まれつき、どこかに具合の悪いところがあるのだよ)

薬で宥《なだ》めることはできても、芯《しん》からは治すことができないのだと、気の毒そうに男に告げた。

だが男は、医師の言葉に、育ててみなけりゃわかりませんと答えた。この子を生んだとき、入れ代わりにお産で命を落とした女房に、俺は約束したんです、この子を立派に育ててみせると。この子は女房の命をもらって生まれてきたんだから。だからどれだけ金がかかってもかまわねえ。高価《たか》い薬も使ってくだせえ。先生のできるかぎりのことをしてやっておくんなさい——

男はお手玉を縫っている。口元にはほほ笑みが浮かんでいる。夜は深々と更けてゆくが、男はまだ時があることを知っている。このお手玉を縫いあげるころが、ちょうど出かける頃合いだろう。

三

「あの押し込みがあったのは、そう、五年前の神無月、たしか十日ごろの夜のことだった」

三つ目の銚子と親父を相手に、岡っ引きは話し始めた。

「そいつは俺の縄張《しま》で起こった。猿江の御材木蔵のすぐ裏手の、遠州屋っていう質屋だった。盗《と》られた金は十両ちょうど。このときはまだ、それだけだった。質屋の夫婦と住み込みの小僧がひとり、縛られただけで済んでいた。賊は身体の大きな男ひとりで、黒い小袖《こそで》に股引《ももひき》、頭からすっぽりと黒い覆面をかぶっていたそうだ」

「押し込みにしては、十両とはおとなしい」

親父が言って、煙草《たばこ》をふかした。湯気と煙がいりまじった。

「俺もそう思った。それにこの賊は、質屋の連中にも、ことさら手荒なことをしていねえ。たしかに刃物で脅かされたことは脅かされたが、それを除いたら、まるで托鉢《たくはつ》にきた虚無僧《こむそう》のような感じがしたそうだ。そんなふうに思うなんておかしいがと、質屋の主人も苦笑いしていたよ」

岡っ引きはゆっくりと杯を空け、目をしばしばとまたたいた。頭の奥に残っている光景を思い出そうとして。

「あのときの賊は、土蔵に金も金目のものもうなっている質屋に押し入りながら、主人を脅かして、すぐそばの手文庫に入れてあった十両だけ盗って引きあげてる。無理押しをしなかったということだ。質屋の連中に騒がれることが怖かったのかもしれない。だから、これは素人《しろうと》のおつとめだなと、俺は思った。この押し込みが初めてだろう。ひとりきりでやってきたということも、普通の押し込みとは違ってる。こいつは堅気だ。堅気が何かの理由で金に困ってやったことだ。ひょっとしたらこれっきりで、もう二度と同じことはやらねえんじゃねえかと」

「それだから、親分のほうも、あんまり気合いが入らなかったんですかね」

少し笑いを含んだ声で、親父がそうたずねてきた。岡っ引きはさすがに笑った。

「かもしれねえ。だから、とうとう下手人はあがらなかった」

岡っ引きは銚子を傾けた。そろそろ残り少なくなってきた。親父が煙草を消し、納豆汁を火にかけた。

「ただそのとき、たったひとつだけ心にひっかかったことがある。あまりにも手口が鮮やかだということだ。勝手口の錠をはずして、赤の他人の家のなかを、しかも明かりひとつなしにすいすいと抜けて、主人夫婦の枕元《まくらもと》に立った——そういう押し込みだ。こいつはよほど、質屋の家のなかに詳しい野郎に違いない。あるいは質屋の知り合いがやったことかもしれねえ。そう話すと、今度は質屋のほうが青くなったよ。いろいろと叩《たた》けば埃《ほこり》が出るんだろう。俺に袖《そで》の下を差し出して、たいした金は盗られてないからお調べは適当なところでおさめておいてくれと言ってきたくらいだったからな」

親父はまた黙って微笑した。岡っ引きがその袖の下を受け取ったかどうかは尋ねなかった。

「だから俺も、それきり忘れた」と、岡っ引きは続けた。「たった十両、それも質屋の十両のことだ。造作もなく忘れた。思い出したのは、それから三年たってからのことだ」

銚子が空になった。岡っ引きは皿の上の煮こごりもきれいに箸《はし》でさらった。

「おつもりだ」と言うと、また目をしばたたかせながら壁の暦を見上げた。

「三年後の暮のことだ。ちょいとした盗みの引き合いを抜くために、俺は神田のほうの岡っ引きと顔を合わせた。日ごろから名前は知っているという間柄だったから、そっちの話は簡単についた。そのあとあれこれしゃべくっていると、向こうがひょいと言ったんだ。神無月に、猿楽町のそば屋で、いっぷう変わった押し込みがあってなあ——とな。聞いてみると、三年前の質屋の件と、ほとんど同じ手口だった。ひとりきりで押し入ってくる図体《ずうたい》のでかい男。黒い覆面。家のなかのことをよく知ってること。無理強いには金を盗らねえこと。そのとき盗まれたのは八両だったそうだ」

親父は納豆汁を椀《わん》によそい、飯といっしょに岡っ引きの前に並べた。まだ少し浅いですがと言いながら、茎漬《くきづ》けの小皿を添えた。

「有難うよ、こいつはうまそうだ」

岡っ引きは箸をとった。音をたてて納豆汁をすすった。

「それで親分は思い出しなすった」と親父が言った。「三年前の押し込みと同じ野郎がやったんじゃないかとねえ」

岡っ引きは椀に顔を埋めたままうなずいた。湯気が彼の鼻先を光らせている。

「こいつは妙だと思った——というより、なんだか気になってきた。こいつはどういう野郎だろうと、な。それでちょいと当たってみたんだ。俺の知らないところで、神無月に、こういう手口の押し込みが起こってないかどうかを」

「起こっていたわけですか」

「そうよ、起こっていた。起こっていたどころじゃねえ。俺の出くわした質屋の件が最初じゃなかったんだ。あれは四番目だった。俺の前に三件、同じ手口の押し込みがあった。つまりは八年前からだ。八年前から毎年一度、かならず神無月のあいだに、俺が見たのとそっくり同じ手口の押し込みが起こってる。盗られた金も、いつも五両からせいぜい十両。無理なく、危なくなく、襲われた家がその場で出せるかぎりの額だ。盗ったら早々に逃げ出すところも同じだ」

「余分な欲はかかないってことでしょうかね」

「俺はそう思うよ。盗られた側にも、それほど大きな痛手にはならねえ。となると、追われる心配も、それだけ少なくなる」

親父はうんうんとうなずいた。

「それにこのことからも、野郎が堅気だってことがわかる。博打《ばくち》や悪所がよいで金を欲しがってるのなら、もっと無理をするはずだ。年々、奪う金の額が増えてゆくはずだ」

「だがこいつは違う、と」

「うん。これはまず、間違いねえと思う。段取りを決めて、年中行事みたいにきっちりこなして行くことができるのは、こいつが尻《しり》に火のついた半端《はんぱ》野郎じゃねえからだよ」

それに頭のいい野郎だと、岡っ引きは唸《うな》った。

「狙《ねら》う家は、見事なくらいにばらばらだ。大川の向こうだったりこっちだったり、南だったり北だったり。だから誰もつながりに気づかなかったんだ」

岡っ引きはゆるゆると首を振った。親父《おやじ》に向かってそうしているのではなく、誰か別に話相手がいて、それに向かってしているような仕種《しぐさ》だった。

「ただ、御府内を出ることはねえ。遠っぱしりはしねえ野郎なんだ。これもやっぱりひっかかる。こいつは堅気だと、俺はまた思ったよ。長く家を空けることはできねえんだ」

## 四

お手玉が五つ縫いあがった。

幼い娘はぐっすり眠っている。男は針箱を片付け、瓦灯の芯をしぼって明かりを小さくすると、音もたてずに立ち上がり、身支度にかかった。

八年前、娘の命をこの世につなぎとめておくには、当たり前の働きで稼ぐ以上の金が要るとわかったとき、男は心を決めた。それならば、ほかの手段でその金を工面しよう。

本当なら、他人様《ひとさま》に迷惑はかけたくない。だが、右か左かどちらかを選べと問われ、その問いに自分の子供の命がかかっているのなら、もう迷っている暇はない。

これまでずっと、それでうまくいっていた。その決心に誤りはなかった。後悔もない。

（ただ……）

去年のはまずかった。本当に危ないところだった。今思い出しても、胸の奥のところをぎゅっと締めあげられるような心地がする。

向こうがあんなふうに飛びかかってさえこなければ、刺さずに済んだのに。

恐ろしかった。あんなことは二度とごめんだ。こういう危ない橋は、やっぱり長くは渡れないものかもしれないと、八年で初めて弱気になった。

（今年は少し、大きな金を持ち帰ろう）

できたら、向こう何年かのあいだ、何もしないで済むくらいの額を。

## 五

「去年のことがあるまでは、俺も、このおかしな神無月の押し込みを、放っておいてもいいような気持ちでいた」

岡っ引きは飯と納豆汁を平らげ、親父といっしょに煙草《たばこ》をふかしていた。

「こいつははみを咬《か》んでいる。てめえの手綱をてめえで握っている。誰も傷つけずに、要り用なだけの金を盗って逃げる。よほどのへまをしねえ限り、これから先も捕まることはねえんじゃねえか。いや、強いて捕まえることもねえんじゃねえか。そんなふうに思った。こいつは、金が要るからこういうことをやっている。金に困らなくなったらやめるだろう。盗みや押し込みが生業《なりわい》になってるわけじゃねえんだから、とな」

黙ってこちらを見つめている親父の顔に、岡っ引きは恥じたように笑ってみせた。

「親父の顔にもかいてあるな。だが、それは見込み違いってもんだ、とな。そうなんだよ。野郎は去年、初めて人を傷つけた。刃物で刺したんだよ。車坂のそばの金貸しの家だ。そこの息子の向こうっ気が強かったのがまずかった」

親父は微笑した。「それだけじゃないでしょう、親分」

「ほう、そうかね」

「たとえその金貸しの息子が向こうっ気が強くなくても、押し込みのようなことを続けていたら、いつかはどこかで、その男は人を傷つけてたでしょうよ。それから先も決まってます。挙げ句には殺《あや》めるようなところにまで行っちまうでしょう。物事ってのはそういうもんだと、あたしは思いますよ。川と同じで、みんな流れてる。同じところで留まってはいられねえ」

岡っ引きは、暦を見つめたときと同じような目で親父を見つめた。この親父も暦みてえだ、と思った。きっちり数だけ年齢《とし》をくってやがる。

「そうなんだろうな、きっと」

「そうですよ、親分。それに、去年のことはきっと、やっこさんの身にもこたえてるはずです。そうなると、今年はもう少し大きな金を盗ろうとするかもしれない」

「なぜだい？」

「そうすれば、この先何年かは危ないことをしないで済むじゃないですか。あるいは、うんと盗むことができたなら、これで足を洗えるかもしれない」

岡っ引きは、親父の顔を見つめ続けた。

「そうか……」

「そうですとも。そうして、無理をしようとするかもしれない。今までしなかったような危ねえ真似《まね》を」

岡っ引きは両手を握り締めた。「じゃあ俺は、こうなったらもう、なにがなんでもあの野郎を捕まえてやらなくちゃいけねえな。歯止めがきかなくなる前に、本当に人を手にかけちまう前に、袖をとらえて引き戻してやらねえと。だが、それにはどうしたらいいかわからねえ――」

「手掛りはなにもないんですか」

親父の問いに、岡っ引きは顔を歪《ゆが》めた。

「さっぱりだ。襲われた家どうしにはつながりはねえ。なかには、うしろぐらい金を儲《もう》けてて、世間にあまりいい目で見られていない家もあるが、ごくまっとうに稼いでる家もある。商いの種類もばらばらだ」

肩をすくめ、そこで岡っ引きはふっと笑った。

「そうそう、ただ、妙なもんならあるよ。小豆《あずき》っ粒さ」

「小豆?」

「そうなんだ。去年の金貸しの家の押し込みのあと、そこを営《な》めるようにして調べたっていう仲間が教えてくれたんだ。押し込みの野郎が息子を刺して、泡を食って逃げたあたりに、小豆が一粒落ちていたってな。金貸しの家じゃ、そのころ小豆を食ったことはねえし、これは野郎の落としものだろうって」

まだ笑いながら、岡っ引きは言った。

「なあ親父、押し込みをはたらきに行くのに、小豆を持ってくなんてのは、どんな野郎だろう」

六

着替えを終え、黒い頭巾《ずきん》を懐《ふところ》におさめると、男はかがんで娘の寝顔に見入った。

（なあ、おたよ）

心のなかで呼びかけた。

（おとっちゃんはこれから出かけてくる。なあに、大してひまはかかりゃしねえ。夜明けまでには戻ってくるよ）

掌《てのひら》をさしのべて、娘の温かい寝息を受けた。それは彼の身体《からだ》を芯《しん》から暖めた。

（危ねえことにはなりゃしねえ。そうだよな、おたよ）

男はそこで顔をあげ、壁に貼《は》った八幡《はちまん》様の暦に目をあてた。

神無月。

おたよ、おめえはこの月末に生まれた。そしてこれからも、何度でも何度でも、神無月の月末を祝うんだ。生まれてきたことを祝うんだ。おとっちゃんが必ず、必ずそうしてやるからな。

それにしてもおたよ、おめえは運が悪かった。どうして神無月なんかに生まれたんだろう。

神無月がどういう月か、おめえは知ってるかい？　この国の神様がみんなして、出雲《いずも》へ行ってしまわれる月なんだよ。神様が留守にしちまう月なんだ。

だからおめえは、これものの身体を持って生まれてきちまった。みんな神様が留守だったからだ。おめえのおっかさんも、おめえと入れ代わりに死んでしまった。おめえのおっかさんも、神様が留守だったからだ。ちゃんと見ていてくださらなかったせいだ。

おとっちゃんは、そういう神様を恨んだりはしねえよ。そんなのは罰《ばち》あたりだし、神様を恨んだりすると、もっと悪いことが起こるからな。

だが、おめえを幸せにしてやるためには金が要る。その金を工面するのに、おとっちゃんは、神様が喜んではくれそうにねえことをする。神様に見られては困るようなことをする。

だから、神無月にするんだ。神様が留守のあいだに、神様が留守にしていたせいで起こった不幸せの穴埋めをしに出かけて行くんだよ。わかるかい、おたよ。

男はそっと娘の床のそばを離れると、さっきこしらえたお手玉をひとつ、手のなかに取り上げた。ぽんと放ってみる。新しいお手玉は、快い音をたてた。小豆はまだだいぶ余っている。男は小ざるのなかからその数粒をつまみだし、小袖のたもとのなかに落とした。

おたよ、この月末には、この小豆を使って赤まんまを炊《た》こう。毎年そうしてきたように、今年もそうしよう。必ずそうしよう。

闇夜《やみよ》に出かけて行くおとっちゃんを、守ってくれる神様はいねえ。だが、代わりに、このたもとのなかの小豆がおとっちゃんをおめえのところまで無事に連れ戻してくれる。去年もそうだったように。ずっとそうだったように。

おとっちゃんは必ず戻ってくる。そして、月末には赤まんまを炊いて、神様が戻ってくるのを、それでまたこれからの一年を楽しく暮らせることを祝おう。

「じゃ、行ってくるぞ、おたよ」

その言葉だけ声に出して呟《つぶや》き、男は家を出た。

## 七

岡っ引きは煙草をふかし、親父は茶わんを洗っている。油が切れてきたのか、明かりがいちだん薄暗くなった。

「大工じゃねえかと考えたこともあったんだ」

煙を天井に向かって吹き上げながら、岡っ引きが言った。

「大工？」

「ああ。あの押し込みは、狙った家の造りをよく知ってる。それで思ったんだ。この野郎は大工で、それぞれの家を建てたり、直しをしたりしたことのある野郎なんじゃねえかってね」

「ははあ」親父は洗い物の手を止め、ちょっと考え込んだ。

「襲われた家のなかには、建てたばかりというのもあったし、去年土間を直しましたというような家もあった。だから最初はすわこそと思ったんだがな」

「違っていたんですか」

「えらい手間がかかって、挙げ句に行き詰まりよ」

岡っ引きは煙管《きせる》のがんくびをぽんと叩《たた》いて火を落とした。

「たしかに大工が入ったことのある家でも、頼んだところは別々だし、百年このかた大工にはさっぱり縁がありませんというような家も出てきちまってな」

親父は残念そうにため息を落とした。

「全部が全部親分の縄張で起こったことばかりじゃねえしね。だいたいが調べにくいねえ」

「そうなんだ。いちばんしゃっちきになってくれそうなのは、去年の金貸しの件を洗ってる車坂の連中なんだがな。運の悪いことに、その金貸しは、あんまり素性がよろしくねえほうの家でな。多少の金を使っても、探りを入れずにおさめてほしいようだ。そんなんだから、死人も出てないことだしと、誰もやる気を出してねえ。かっかしてるのは俺だけよ。ざまはねえ」

親父は洗い物に戻った。岡っ引きはぼんやりと天井をながめた。

「なんとしても、そいつを捕まえてやりたいもんですね」

親父の口調に、憎々しげな響きはなかった。

「本当に、早いところなんとかしないとまずい。さっき言った、そいつが本当に人を殺めてしまう前に、というのもあるし、その逆も心配だ。去年はそいつが金貸しの息子を刺して逃げた。でも、今年はどうなるかわからねえでしょう。そいつが刺されるかもしれない。たとえ今年は逃れても、この先どうなるかわからねえ。来年、再来年《さらいねん》、何があるかわからねえ」

「そいつも年齢《とし》をくっていくんだからな」

岡っ引きの言葉に、親父は目をあげてうなずいた。

「暦は容赦ないもんですよ、親分」

岡っ引きは黄ばんだ暦に目をやった。なんということのない文字のつながりのなかに、流れる時が封じ込められている。こうして見てみると、なんと恐ろしい代物《しろもの》だろう。

「なぜ、神無月なんだろうな」と、岡っ引きが呟いた。「どうして毎年神無月なんだろう。なぜ神無月がいいんだろう。俺にはわからねえ。小豆っ粒と同じくらい不思議なことじゃねえか」

少し間をおいて、親父が言った。「それはやっぱり、そいつが堅気であるしるしじゃねえですか」

「どういうことだ？　神無月だけ稼ぎがなくなる商人かなんかで、その月を暮らすためだけに押し込みをやってるとでもいうのかい？」

「いえいえ」と、親父はかぶりを振った。「押し込みが悪事だってことを承知していて、ただどうしようもない理由があってやってるってことですよ。だから神無月なんです」

「俺にはわからねえな」

「神様の留守の月だ。神様が見てない月だ」

岡っ引きはぽかんと口を開いた。それから、どっと笑い出した。

「さあなあ、それはどうかと思うよ。そこまで神妙な野郎じゃあるめえ。やっぱり何かの都合で、神無月だと具合がいいんだろう。あるいは具合が悪いから押し込みをはたらくのか――」

いったいどんな野郎なんだと、岡っ引きの頭のなかを、空《むな》しい問いがかけめぐる。

「ねえ親分」と、親父《おやじ》が呼びかけた。「さっきの、大工かもしれないっていうのは、悪い考えじゃねえかもしれない」

「家の造りをよく知ってるからかい?」

「ええそうですよ」

「だが、大工じゃ駄目だったんだ」

「ですからそこだ。大工のほかにも、他人様の家の造りをよく知る機会がある商いはありませんかね」

岡っ引きは顔をしかめた。「そりゃあいろいろ考えたよ。油売りだの、魚屋だの。お得意先には出入りするだろう。町医者かもしれねえとまで思ったんだ。往診とかで、家のなかに入りこむからな。だが、そういうのもみんなまとめてはずれだったんだよ。

襲われた家のどこにもここにも出入りしていたというようなのは、ひとりだって見つからなかった。駄目だったんだ」

親父は辛抱強く、岡っ引きの嘆き節を聞いていた。それからゆっくりと言い出した。

「ひとつ抜けてますよ、親分」

「抜けてる？」

「たとえば、畳屋はどうですか」

岡っ引きは目を見開いた。

「畳屋――」

「暮れになると、金のあるうちでは畳替えをするでしょう。表替えだけでもするでしょう。そういうとき、出入りする職人なら、家の造りをよく見ることができますよ」

ぐっと考え込んでいる岡っ引きに、おっかぶせるようにして親父は言った。

「ちゃんとお店《たな》を張っている畳屋の職人だと、そうあちこち気ままには出入りしない。でも、渡り職人ならどうです。そのたびごとの雇いの職人なら、北へ行ったり南へ行ったり、あちらこちらへと行くじゃないですか。襲われた家が、それ以前に畳替えをしていたかどうか、調べてみたらどうですかね」

岡っ引きはまともに親父の目を見据えた。それから、ぐいと立ち上がった。

「有難うよ。間に合うといいがな」

八

夜陰にまぎれて、男は外に出た。長屋の木戸を抜けるとき、つと頭を頭上に向けてみた。彼の名前を書き記した木札が、細い月の明かりに照らされている。

「たたみ職　市蔵」

男は夜道を急いでゆく。年に一度のおつとめのために、小豆を数粒、たもとに入れて。

岡っ引きは夜道を急いでゆく。顔も知らず影さえ見せない不思議な押し込みの袖《そで》を、少しでも早くとらえるために。

夜も更《ふ》けて、男がふたり、夜道を駆けてゆく。擦れ違うことのないふたりの背中を、それぞれの背負った月が照らしている。

そして夜のどこか深いところでは、病弱な娘が安らかな眠りのなかで夢を見ている。

神様は、出雲の国に去っている。

# 選者解説

縄田一男

本書『親不孝長屋』は、精選された五人の書き手による、所謂《いわゆる》、市井《しせい》ものの決定版ともいうべきアンソロジーである。

さて、主に江戸時代の町人社会を中心として庶民の哀歓を描いた時代小説を、私たちはよく、市井ものとか、或《ある》いは世話ものと呼んでいる。賢明な読者諸氏には、いわずもがなのことであろうが、まず、これらの言葉の意味を明らかにしておくと、次のようになる。

市井とは、もともと、中国古代で、井戸、すなわち、水のあるところに、人が集まり、市が出来たところから、転じて、人家の集まっているところ、町、巷《ちまた》を指す言葉、となった。例えば、市井の人といえば、町に住む庶民の謂《いい》であり、そこから、市井もの、といえば、前述の如《ごと》く、庶民の哀歓を描いた作品群ということになる。

また、世話ものとは、歌舞伎《かぶき》狂言の時代ものに対して、当代の市井町民社会を題材としたものを指す、いわば当時の現代劇のことである。時代ものが、人物の名を変えたり、或いはもじったりして、江戸より古い歴史上の事件を題材にしたのは、忠臣蔵に代表されるように当代の武家の事件を、そのまま、劇化するのが憚《はばか》られていたためであり、通俗史に依《よ》りながら、独自に武家や公卿の抗争の悲喜劇として劇化された。これに対して世話ものは、二種類あり、一つは、巷に起こった心中事件や情痴の果ての殺人を直ちに舞台化した極《きわ》物であり、今一つは、〈雁金《かりがね》五人男〉〈双蝶々《ふたつちょうちょう》〉〈夏祭浪花鑑《なにわかがみ》〉など、相撲取りや俠客《きょうかく》の義理人情を扱う作品群である。当代の世話もの、特に極物は、スキャンダラスな側面があり、そのまま上演されることが禁じられていたので、江戸では一日の狂言の中で、一番目の時代ものと関連づけて、二番目に世話ものを演じる形式をとっていた、という。

この時代ものと市井もの、もしくは世話ものの関係を、時代小説に当てはめると、多少のニュアンスの違いはあれど、前者は歴史もの、もしくは武家もの、後者は、そのまま、市井もの、ということになろう。

そして再び、話を本書に戻せば、この一巻に収録されている作品のテーマを記せば、それは、親と子の物語、もしくは、家族の絆《きずな》をテーマにしたもの、ということが出来る。実際、昨年来、わが国では、家庭内暴力という言葉を突き抜けて、家庭内殺人

――親が子供を、子供が親を殺す悲惨な事件が相次ぎ、未《いま》だにとどまることを知らない勢いである。

そこで、今と変わらぬ庶民の哀歓を描くことによって、現代人がそこに一種の理想郷を見出《みいだ》している、江戸の市井ものでは、親と子の愛はどう描かれているか――。それを検証すべく編まれたのがこの一巻である。以下、各編に簡単な解説を付したので、読書の一助としていただければ幸いである。

○「おっ母《かあ》、すまねえ」（池波正太郎）

岡場所からようやく足を洗い、堅気の男と所帯を持ったおぬいは、生《な》さぬ仲の息子を実の子のように育てていたが、亭主が死んで再婚する段になってこの息子がぐれはじめ手がつけられない。相談を受けたかつての朋輩《ほうばい》お米《よね》は、所謂〝仕掛人〟を使うことを勧めるが――。殺しのタイムリミットが迫る中、急転直下、物語は意外な方向へ進み、愛する者の死を乗り越えて結束する家族の姿が描かれている。巧みに張られた伏線も秀逸。

○「邪魔っけ」（平岩弓枝）

市井ものを書かせたら、当代、この人の右に出る者はいない、平岩作品の登場である。母親が死んでから、父親と二人、幼い弟妹たちに辛《つら》い思いをさせてはいけないと、なりふりかまわず、朝は豆腐を、夜は麦湯を売るおこう——。しかしながら、彼女に救いはあったのだろうか。銭勘定だけが生き甲斐《がい》の妹おせん。町内の清元の女師匠の若いツバメになって世間を斜に構えて見ている弟常吉。そして下の妹おかよまでが、立派すぎる姉おこうを邪魔者扱いにしたとき、ようやく、おこうの人生に一筋の光が射《さ》す。こんなことをいうと大げさに聞こえるかもしれないが、実際、庶民にとって暮らしやすい時代などあったのであろうか。作中、おこうが落魄《らくはく》の若旦那《わかだんな》長太郎にいう「若旦那はやっぱり、本当の苦労を御存じない……」「本当の苦労って……どんなのか私だって知りません。でも、あたし、苦労のかなしさは知っています」という言葉は、ぎりぎりのところで、これだけは譲れない、という一線を守って生きている庶民の意気地を見事に示している、といえるだろう。

○「左の腕」(松本清張)

時代小説の世界に〝無宿〟という言葉を定着させた松本清張の代表的作品集『無宿人別帳』に収められた一篇。江戸期の戸籍である人別帳から記載を削られたアウトロー、無宿人は、犯罪を犯していない場合でも、無宿人であるというだけの理由で常に保証のない浮浪人として意地の悪い司直の監視におびえねばならなかった。作品は、作者の弱者への共感、江戸期の法律制度への批判に貫かれており、無宿人を単なる犯罪者ではなく、法の重圧下に喘《あえ》ぎながら生きる者として描いている点に特色が見られる。収録作品は、父娘揃《そろ》って料理屋で働きはじめたものの、入墨者であるばかりに性の悪い目明しにつけ入れられていた父親が、ある事件をきっかけに、新たに生きる勇気を摑《つか》みとるまでが、感動的に描かれている。

○「釣忍《つりしのぶ》」（山本周五郎）

しがない棒手振《ぼてふ》りの定次郎《さだじろう》は、実は通り三丁目の越前屋《えちぜんや》の後妻おみちが生んだ子。義理の兄佐太郎が、暖簾《のれん》を分けてもらい、別に店を出すといったとたんに、乱行をはじめ、遂《つい》には勘当の身となった。無論、その裏には腹違いの兄に店を継がせたい、という定次郎の思いがあったのはいうまでもない。しかしながら、今は、もと芸妓のおはんと、つつましいながらも、何不自由ない暮らしを送っている定次郎に、店に戻ってくれ、という話が持ち込まれた。作者は、こうした状況の中で、真の生活というものがどこにあるか、ということを説いている。いかにも人間が生きている、と私たちが実感出来る定次郎の長屋と、何か非人間的で形式ばかりが重視されている越前屋の親族会議の場との差を見ても、それは歴然としていよう。小道具に使われている釣忍が素晴らしい効果を上げている。

○「神無月《かんなづき》」(宮部みゆき)

人気、実力ともに揺るぎない作者の最も優れた短篇小説の精華である。それにしても何と切ない父娘の物語であろうか。年に一度、病弱な娘のために盗みを働く畳職人と、この不可解な盗っ人を追う岡っ引の哀切極まりない物語である。岡っ引と盗っ人を交互に描いていく端整な構成、抑制の利《き》いた文章、そして何よりも、〝神無月〟という題名が象徴するように、神に見捨てられた父娘を、唯一《ゆいいつ》、救うことが出来る可能性を持った男が、その捕縛者である、という設定から生じるサスペンスと哀歓等々、文句のつけようのない作品である。神様が留守になった〝神無月〟に、小豆をたもとに入れ、あたかも何かの儀式のように行われる盗み――これこそが、この父の愛する娘に対して行われる哀《かな》しい祈りに他ならないのである。大方の人たちにとっては名前すら問題にされない取るに足らない無名者の人生を共感をもって描きつつも、作者自身は決して情に溺《おぼ》れることなく、物語を進めていく、その一瞬一瞬の息づかいが聞こえるような作品である。

以上五篇、実の親から義理の親、生さぬ仲から亡《な》き親の肩代わりをしなければならなかった者の思いまで――。価値観の多様化がいくら叫ばれようとも、親と子の、そして家族をめぐるそれは決して変わらない。いや、変わってなるものか。その思いをこめて、この解説の筆をおかせてもらいたいと思う。

（平成十九年五月、文芸評論家）

底本一覧

池波正太郎「おっ母、すまねえ」（講談社文庫『殺しの掟』）
平岩弓枝　「邪魔っけ」（角川文庫『ちっちゃなかみさん』）
松本清張　「左の腕」（文春文庫『無宿人別帳』）
山本周五郎「釣忍」（新潮文庫『松風の門』）
宮部みゆき「神無月」（新人物往来社・新潮文庫『幻色江戸ごよみ』）

# 表記について

新潮文庫の文字表記については、原文を尊重するという見地に立ち、次のように方針を定めました。

一、旧仮名づかいで書かれた口語文の作品は、新仮名づかいに改める。
二、文語文の作品は旧仮名づかいのままとする。
三、旧字体で書かれているものは、原則として新字体に改める。
四、難読と思われる語には振仮名をつける。

なお本作品集中には、今日の観点からみると差別的表現ととられかねない箇所が散見しますが、著者自身に差別的意図はなく、作品自体のもつ文学性ならびに芸術性、また当該作品に関して著者がすでに故人である等の事情に鑑み、原文どおりとしました。

（新潮文庫編集部）

池波正太郎著

さむらい劇場

八代将軍吉宗の頃、旗本の三男に生れながら、妾腹の子ゆえに父親にも疎まれて育った榎平八郎。意地と度胸で一人前に成長していく姿。

池波正太郎著

あほうがらす

人間のふしぎさ、運命のおそろしさ……市井もの、剣豪もの、武士道ものなど、著者の多彩な小説世界の粋を精選した11編収録。

池波正太郎著

おせん

あくまでも男が中心の江戸の街。その陰にあって欲望に翻弄される女たちの哀歓を見事にとらえた短編全13編を収める。

池波正太郎著

まんぞくまんぞく

十六歳の時、浪人者に犯されそうになり家来を殺されて、敵討ちを誓った女剣士の心の成長の様を、絶妙の筋立てで描く長編時代小説。

池波正太郎著

夢の階段

首席家老の娘との縁談という幸運を捨て、微禄者又十郎が選んだ道は、陶器師だった――表題作等、ファン必読の未刊行初期短編9編。

池波正太郎著

江戸の暗黒街

江戸の闇の中で、運・不運にもまれながらも、与えられた人生を生ききる男たち女たちを濃やかに描いた、「梅安」の先駆をなす8短編。

池波正太郎著

# 俠客（上・下）

「お若えの、お待ちなせえやし」の幡随院長兵衛とはどんな人物だったのか——旗本水野十郎左衛門との宿命的な対決を通して描く。

池波正太郎著

# 男（おとこぶり）振

主君の嗣子に奇病を侮蔑された源太郎は乱暴を働くが、別人の小太郎として生きることを許される。数奇な運命をユーモラスに描く。

池波正太郎著

# 上意討ち

殿様の尻拭いのため敵討ちを命じられ、何度も相手に出会いながら斬ることができない武士の姿を描いた表題作など、十一人の人生。

池波正太郎著

# おとこの秘図（上・中・下）

江戸中期、変転する時代を若き血をたぎらせて生きぬいた旗本・徳山五兵衛——逆境をはねのけ、したたかに歩んだ男の波瀾の絵巻。

池波正太郎著

# 男の系譜

戦国・江戸・幕末維新を代表する十六人の武士をとりあげ、現代日本人と対比させながらその生き方を際立たせた語り下ろしの雄編。

池波正太郎著

# むかしの味

人生の折々に出会った〔忘れられない味〕。それを今も伝える店を改めて全国に訪ね、初めて食べた時の感動を語り、心づかいを讃える。

池波正太郎著

## 堀部安兵衛（上・下）

因果に鍛えられ、運命に磨かれ、「高田の馬場の決闘」と「忠臣蔵」の二大事件を疾けた赤穂義士随一の名物男の、痛快無比な一代記。

池波正太郎
山本一力
北原亞以子
山本周五郎
藤沢周平著

## たそがれ長屋
—人情時代小説傑作選—

老いてこそわかる人生の味がある。長屋を舞台に、武士と町人、男と女、それぞれの人生のたそがれ時を描いた傑作時代小説五編。

池波正太郎
乙川優三郎
五味康祐
宇江佐真理
山本周五郎
柴田錬三郎著

## がんこ長屋
—人情時代小説傑作選—

腕は磨けど、人生の儚さ。刀鍛冶、火術師、蕎麦切り名人……それぞれの矜持が導く男と女の運命。きらり技輝る、傑作六編を精選。

池波正太郎著

## 幕末遊撃隊

幕府が組織する遊撃隊の一員となり、官軍との戦いに命を燃やした伊庭八郎。その恋と信念を清涼感たっぷりに描く幕末ものの快作。

池波正太郎・藤沢周平
笹沢左保・菊池寛著
山本周五郎
縄田一男 編

## 志に死す
—人情時代小説傑作選—

誰のために死ぬのか。男の真価はそこにある——。信念に従い命を賭して闘った男たちが描かれる、落涙の傑作時代小説5編を収録。

池波正太郎・藤沢周平
滝口康彦・山本周五郎著
永井路子
縄田一男 編

## 絆を紡ぐ
—人情時代小説傑作選—

何のために生きるのか。その時、女は美しく輝く——。降りかかる困難に屈せず生き抜いた女たちを描く、感奮の傑作小説5編を収録。

吉川英治・池波正太郎
柴田錬三郎・海音寺潮五郎
佐江衆一・菊池寛 著
山本一力

七つの忠臣蔵

浅野、吉良、内蔵助、安兵衛、天野屋……。「忠臣蔵」に鏤められた人間模様を名手が描く短編のうち神品のみを七編厳選。感涙必至。

山本一力著

いっぽん桜

四十二年間のご奉公だった。突然の、早すぎる「定年」。番頭の職を去る男が、一本の桜に込めた思いは……。人情時代小説の決定版。

浅田次郎著

薔薇盗人

父子の絆は、庭の美しい薔薇。船長の父へ息子の手紙が伝えた不思議な出来事とは……。人間の哀歓を巧みに描く、愛と涙の6短編。

浅田次郎著

憑(つきがみ)神

別所彦四郎は、文武に秀でながら、出世に縁のない貧乏侍。つい、神頼みをしてみたが、あらわれたのは、神は神でも貧乏神だった!

浅田次郎著

五郎治殿御始末

廃刀令、廃藩置県、仇討ち禁止――。江戸から明治へ、己の始末をつけ、時代の垣根を乗り越えて生きてゆく侍たち。感涙の全6編。

浅田次郎著

夕映え天使

ふいにあらわれそして姿を消した天使のような女、時効直前の殺人犯を旅先で発見した定年目前の警官、人生の哀歓を描いた六短篇。

松本清張著
**或る「小倉日記」伝**
芥川賞受賞 傑作短編集(一)

体が不自由で孤独な青年が小倉在住時代の鷗外を追究する姿を描いて、芥川賞に輝いた表題作など、名もない庶民を主人公にした12編。

松本清張著
**黒地の絵**
傑作短編集(二)

朝鮮戦争のさなか、米軍黒人兵の集団脱走事件が起きた基地小倉を舞台に、妻を犯された男のすさまじい復讐を描く表題作など9編。

松本清張著
**西郷札**
傑作短編集(三)

西南戦争の際に、薩軍が発行した軍票をもとに一攫千金を夢みる男の破滅を描く処女作の「西郷札」など、異色時代小説12編を収める。

松本清張著
**佐渡流人行**
傑作短編集(四)

逃れるすべのない絶海の孤島佐渡を描く「佐渡流人行」、下級役人の哀しい運命を辿る「甲府在番」など、歴史に材を取った力作11編。

松本清張著
**張込み**
傑作短編集(五)

平凡な主婦の秘められた過去を、殺人犯を張込み中の刑事の眼でとらえて、推理小説界に新風を吹きこんだ表題作など8編を収める。

松本清張著
**駅路**
傑作短編集(六)

これまでの平凡な人生から解放されたい……。停年後を愛人と送るために失踪した男の悲しい結末を描く表題作など、10編の推理小説集。

松本清張著

影の地帯

信濃路の湖に沈められた謎の木箱を追う田代の周囲で起る連続殺人！　ふとしたことから凄惨な事件に巻き込まれた市民の恐怖を描く。

松本清張著

時間の習俗

相模湖畔で業界紙の社長が殺された！　容疑者の強力なアリバイを『点と線』の名コンビ三原警部補と鳥飼刑事が解明する本格推理長編。

松本清張著

砂の器（上・下）

東京・蒲田駅操車場で発見された扼殺死体！新進芸術家として栄光の座をねらう青年の過去を執拗に追う老練刑事の艱難辛苦を描く。

松本清張著

Dの複合

雑誌連載「僻地に伝説をさぐる旅」の取材旅行にまつわる不可解な謎と奇怪な事件！　古代史、民俗説話と現代の事件を結ぶ推理長編。

松本清張著

死の枝

現代社会の裏面で複雑にもつれ、からみあう様々な犯罪——死神にとらえられ、破滅の淵に陥ちてゆく人間たちを描く連作推理小説。

松本清張著

小説日本芸譚

千利休、運慶、光悦——。日本美術史に燦然と輝く芸術家十人が煩悩に翻弄される姿——人間の業の深さを描く異色の歴史短編集。

山本周五郎著

# 青べか物語

うらぶれた漁師町・浦粕に住み着いた私はボロ舟「青べか」を買わされた——。狡猾だが世話好きの愛すべき人々を描く自伝的小説。

山本周五郎著

# 柳橋物語・むかしも今も

幼い恋を信じた女を襲う悲運「柳橋物語」。愚直な男が摑んだ幸せ「むかしも今も」。男女それぞれの一途な愛の行方を描く傑作二編。

山本周五郎著

# 五瓣の椿

連続する不審死。胸には銀の釵が打ち込まれ、傍らには赤い椿の花びら。おしのの復讐は完遂するのか。ミステリー仕立ての傑作長編。

山本周五郎著

# 赤ひげ診療譚

貧しい者への深き愛情から〝赤ひげ〟と慕われる、小石川養生所の新出去定。見習医師との魂のふれあいを描く医療小説の最高傑作。

山本周五郎著

# 日本婦道記

厳しい武家の定めの中で、愛する人のために生き抜いた女性たちの清々しいまでの強靭さと、凜然たる美しさや哀しさが溢れる31編。

山本周五郎著

# 日日平安

橋本左内の最期を描いた「城中の霜」、武士のまごころを描く「水戸梅譜」、お家騒動をユーモラスにとらえた「日日平安」など、全11編。

山本周五郎著

# さぶ

職人仲間のさぶと栄二。濡れ衣を着せられ捨鉢になる栄二を、さぶは忍耐強く支える。友情を通じて人間のあるべき姿を描く時代長編。

山本周五郎著

# 季節のない街

生きてゆけるだけ、まだ仕合わせさ——。貧民街で日々の暮らしに追われる住人たちの15の悲喜を描いた、人生派・山本周五郎の傑作。

山本周五郎著

# おさん

純真な心を持ちながら男から男へわたらずにはいられないおさん——可愛いおんなであるがゆえの宿命の哀しさを描く表題作など10編。

山本周五郎著

# 深川安楽亭

抜け荷の拠点、深川安楽亭に屯する無頼者たちが、恋人の身請金を盗み出した奉公人に示す命がけの善意——表題作など12編を収録。

山本周五郎著

# 人情裏長屋

居酒屋で、いつも黙って飲んでいる一人の浪人の胸のすく活躍と人情味あふれる子育ての物語「人情裏長屋」など、〝長屋もの〟11編。

山本周五郎著

# ならぬ堪忍

生命を賭けるに値する真の〝堪忍〟とは——。「ならぬ堪忍」他「宗近新八郎」「鏡」など、著者の人生観が滲み出る戦前の短編全13作。

宮部みゆき著

あかんべえ
（上・下）

深川の「ふね屋」で起きた怪異騒動。なぜか娘のおりんにしか、亡者の姿は見えなかった。少女と亡者の交流に心温まる感動の時代長篇。

宮部みゆき著

模倣犯
芸術選奨受賞（一～五）

邪悪な欲望のままに「女性狩り」を繰り返し、マスコミを愚弄して勝ち誇る怪物の正体は？著者の代表作にして現代ミステリの金字塔！

宮部みゆき著

理由
直木賞受賞

被害者だったはずの家族は、実は見ず知らずの他人同士だった……。斬新な手法で現代社会の悲劇を浮き彫りにした、新たなる古典！

宮部みゆき著

堪忍箱

蓋を開けると災いが降りかかるという箱に、心ざわめかせ、呑み込まれていく人々――。人生の苦さ、切なさが沁みる時代小説八篇。

宮部みゆき著

初ものがたり

鰹、白魚、柿、桜……。江戸の四季を彩る「初もの」がらみの謎また謎。さあ事件だ、われらが茂七親分――。連作時代ミステリー。

宮部みゆき著

幻色江戸ごよみ

江戸の市井を生きる人びとの哀歓と、巷の怪異を四季の移り変わりと共にたどる。〝時代小説作家〟宮部みゆきが新境地を開いた12編。

宮部みゆき著

# 火　車

山本周五郎賞受賞

休職中の刑事、本間は遠縁の男性に頼まれ、失踪した婚約者の行方を捜すことに。だが女性の意外な正体が次第に明らかとなり……。

宮部みゆき著

# 淋しい狩人

東京下町にある古書店、田辺書店を舞台に繰り広げられる様々な事件。店主のイワさんと孫の稔が謎を解いていく。連作短編集。

宮部みゆき著

# かまいたち

夜な夜な出没して江戸を恐怖に陥れる辻斬り〝かまいたち〟の正体に迫る町娘。サスペンス満点の表題作はじめ四編収録の時代短編集。

宮部みゆき著

# 本所深川ふしぎ草紙

吉川英治文学新人賞受賞

深川七不思議を題材に、下町の人情の機微とささやかな日々の哀歓をミステリー仕立てで描く七編。宮部みゆきワールド時代小説篇。

宮部みゆき著

# 龍は眠る

日本推理作家協会賞受賞

雑誌記者の高坂は嵐の晩に、超常能力者と名乗る少年、慎司と出会った。それが全ての始まりだったのだ。やがて高坂の周囲に……。

宮部みゆき著

# 孤宿の人（上・下）

藩内で毒死や凶事が相次ぎ、流罪となった幕府要人の祟りと噂された。お家騒動を背景に無垢な少女の魂の成長を描く感動の時代長編。

藤沢周平著
## 用心棒日月抄

故あって人を斬り脱藩、刺客に追われながらの用心棒稼業。が、巷間を騒がす赤穂浪人の動きが又八郎の請負う仕事にも深い影を……。

藤沢周平著
## 竹光始末

糊口をしのぐために刀を売り、竹光を腰に仕官の条件である上意討へと向う豪気な男。表題作の他、武士の宿命を描いた傑作小説5編。

藤沢周平著
## 時雨のあと

兄の立ち直りを心の支えに苦界に身を沈める妹みゆき。表題作の他、江戸の市井に咲く小哀話を、織麗に人情味豊かに描く傑作短編集。

藤沢周平著
## 冤（えんざい）罪

勘定方相良彦兵衛は、藩金横領の罪で詰め腹を切らされ、その日から娘の明乃も失踪した……。表題作はじめ、士道小説9編を収録。

藤沢周平著
## 橋ものがたり

様々な人間が日毎行き交う江戸の橋を舞台に演じられる、出会いと別れ。男女の喜怒哀楽の表情を瑞々しい筆致に描く傑作時代小説。

藤沢周平著
## 神隠し

失踪した内儀が、三日後不意に戻った、一層凄艶さを増して……。女の魔性を描いた表題作をはじめ江戸庶民の哀歓を映す珠玉短編集。

藤沢周平著
# 消えた女
―彫師伊之助捕物覚え―

親分の娘おようの行方をさぐる元岡っ引の前で次々と起る怪事件。その裏には材木商と役人の黒いつながりが……。シリーズ第一作。

藤沢周平著
# 時雨みち

捨てた女を妓楼に訪ねる男の肩に、時雨が降りかかる……。表題作ほか、人生のやるせなさを端正な文体で綴った傑作時代小説集。

藤沢周平著
# 驟《はし》り雨

激しい雨の中、八幡さまの軒下に潜む盗っ人の前で繰り広げられる人間模様――。表題作ほか、江戸に生きる人々の哀歓を描く短編集。

藤沢周平著
# 闇の穴

ゆらめく女の心を円熟の筆に描いた表題作。ほかに「木綿触れ」「閉ざされた口」「夜が軋む」等、時代小説短編の絶品7編を収録。

藤沢周平著
# たそがれ清兵衛

その風体性格ゆえに、ふだんは侮られがちな侍たちの、意外な活躍！ 表題作はじめ全8編を収める、痛快で情味あふれる異色連作集。

杉浦日向子著
# 百物語

江戸の時代に生きた魑魅魍魎たちと人間の、滑稽でいとおしい姿。懐かしき恐怖を怪異譚集の形をかりて漫画で描いたあやかしの物語。

# 親《おや》不《ふ》孝《こう》長《なが》屋《や》

—人情時代小説傑作選—

新潮文庫　い - 16 - 96

平成十九年七月一日発行
令和三年九月三十日十九刷

著者　池波正太郎　平岩弓枝　松本清張　山本周五郎　宮部みゆき

発行者　佐藤隆信

発行所　株式会社新潮社

郵便番号　一六二―八七一一
東京都新宿区矢来町七一
電話　編集部(〇三)三二六六―五四四〇
　　　読者係(〇三)三二六六―五一一一
http://www.shinchosha.co.jp

価格はカバーに表示してあります。

乱丁・落丁本は、ご面倒ですが小社読者係宛ご送付ください。送料小社負担にてお取替えいたします。

印刷・株式会社光邦　製本・株式会社植木製本所

© Ayako Ishizuka, Yumie Hiraiwa, Youichi Matsumoto, Miyuki Miyabe 2007　Printed in Japan

ISBN978-4-10-139724-5 C0193